《新語林》

·民國的世說新語·

陳灨一·原著
蔡登山·主編

【導讀】陳灨一的《新語林》及《晚清民國聞見錄》

蔡登山

陳灨一（一八九二—一九五三），又作甘簃，字藻青，號穎川生，別號睇向齋主人（「睇向齋」，原是陳灨一父親陳叔彝的書齋名，時逢戰亂，陳宅毀於一旦。陳灨一獲悉，「幾不知涕泗之何從」。），江西新城（今黎川）人。出身科舉世家，其祖上有一門七進士的顯耀背景，受家庭環境薰陶，少承舊學，喜好古文，「灨一甫五歲受四子書，十四歲畢十三經，雖奧賾未喻而劬勞可念也」。十四歲應縣試，居第一。與民初中樞顯宦楊士琦（杏城）有表親之誼，後為其引薦入袁世凱幕中從事文案工作。青年時在天津為各大報紙撰寫政論文章，受到張學良的賞識，一九二五年被張學良羅致入少帥幕府，擔任機要祕書。一九二七年進入京師禮制館。一九二八年在北平、天津學校教書。一九三二年赴上海創辦了《青鶴》雜誌，直到全面抗戰爆發。一九三七年後隱居北平。陳灨一交遊甚廣，與近世名家章太炎、夏敬觀、楊雲史、葉恭綽、陳三立、袁克文、吳湖帆、錢基博、章士釗、于右任、溥心畬等皆有往來。一九四八年舉家遷至臺灣。晚年境遇淒慘，以算命賣字為生，一九五三年去世。其主要著作有《睇向齋秘錄》、《睇向齋逞臆談》、《睇向齋談往》、《睇向齋隨筆》、《睇向齋聞見錄》、《新語林》、《懷遠錄》、《歷史人物觀》、《甘簃詩文集》、《辛亥和議之秘史》等，一九九八年大陸收集整理出版了其生前的文章集，名為《甘簃隨筆》。

《青鶴》雜誌是由陳灨一獨立出資創辦並擔任總編纂，於一九三二年十一月十五日在上海出版發行的半月刊，年出一卷二十四期，歷時近五年，一九三七年七月三十日，第五卷十八期出版，在第十九期即將付印之際，上海發生「八一三事變」，刊物毀於炮火，無奈之下只得停刊，共發行了一百一十四期。根據陳灨一的〈青鶴之命名〉一文知道：《青鶴》之名，出於《拾遺記》的記述：「幽州之墟，羽山之北，有善鳴之禽名青鶴。世語曰：青鶴鳴，時太平。」刊物取名《青鶴》，即寓意吉祥之禽鳥能「喚醒並世士大夫之迷夢」，亦期望人人皆有「太平之心」。陳灨一力主延續傳統、發揚國故，宣稱「本志之作，新舊相參，頗思於吾國固有之聲名文物，稍稍發揮，而於世界思想潮流，亦復融會貫通，勤求理論，不植黨援，不畫畛域，不納貨利，不阿時好」。（陳灨一〈本志出世之微旨〉）雜誌分論評、專載、名著、叢錄、文薈、詞林、考據、雜纂、小說（劇本）等欄目，為研究晚清近代的政事、經濟、思想、文學、學術等提供了翔實的材料。

陳灨一的《新語林》可說是民國的《世說新語》。他是模仿南朝宋劉義慶的《世說新語》之體例，全書分為八卷，一為德行，二為言語、政事，三為文學、方正、雅量，四為識鑒、賞譽、陽藻、規箴，五為捷悟、夙慧、豪爽、容止、自新，六為企羨、傷逝、棲逸、賢媛、術解，七為巧藝、寵禮、任誕、簡傲、俳調、輕詆，八為假譎，黜免、儉嗇、汰侈，忿狷、讒險、寵悔、紕陋、惑溺、仇隙。且於每則故事之下，附有所記人物之小傳。

陳灨一的自序說：「凡所述，以不掩其真為主，非以恩怨為褒貶，非以好惡定是非，閱時三十有八月。其間人事牽掛，濡滯幾兩越寒暑，復攖病擱置久之。顧不佞才疏膽弱，未敢求速，稿凡數易，僅成茲篇，事取其高潔，義取其公正，言取其雋永。」袁思亮稱其文謂：「其所紀述，盡當世人，言行美惡，務存其真。又其辭淵雅雋永，能使人消釋鄙吝，曠然有絕塵出世之思，與記瑣聞談神怪者異矣。」

《新語林》全書內容，大都是清末民初的政界及社會名流的人物軼事。但它與前人所寫的「語林」體的書籍，有個最大的不同之處，是陳灨一在自序所說的以「時人而寫時人之事」，也就是他所寫的人與事，都是他親見親聞的，這與其他人靠文獻或傳聞以「今人而寫前人之事」者，可說是大異其趣，這也是其他同類作品所難以企及之處。陳灨一因出身世宦之家，又長期隨侍於清末民初權力中心的中樞人物如楊士琦幕中，因此所述之人與事「幾無一字無來歷」。而「所作多獨得之秘」，從「未經人道破者」頗多，也就是「獨家內幕」相當多，這也是本書精華之所在，也是治史者不可多得的材料也。

《晚清民國聞見錄》包含有《睇向齋秘錄》、《睇向齋逞臆談》及《睇向齋談往》三本小書，《睇向齋秘錄》是發表在包天笑所主編的《小說大觀》，後來在一九二二年秋由上海文明書局出版。所談都是清末民初的人物掌故，確是聞所未聞的實情實事，共計一百一十三則，每則文字不多，或記一事，或記數事，具體而微，生動有趣，可作為清末官場外史來讀。其中亦有不少可資治史者採擷之史料。《睇向齋逞臆談》刊於《青鶴》半月刊，有二十六則，主要記民國初年政界要人，如岑春煊、饒漢祥、楊度、熊希齡、康有為、梁啟超、錢能訓、程德全、周學熙、張一麐、趙秉鈞等人軼事及政治活動，間或涉及政壇內幕。《睇向齋談往》刊於《青鶴》半月刊，共計六十二則，專記作者在張學良幕中之見聞。對張氏父子及奉系中諸要人名士之軼事，內部派系間之關係，郭松齡反奉事件等均有論及，史料價值極高，作者又長於文筆，因此所述之軼事頗具可讀性。

目次

楊序

劉臨川之《世說新語》採擷漢魏兩晉理言逸事，風流綿邈，至今傳之不衰。陳表侄藻青年少積學，廣記博聞，嘗好為小說家言，近仿劉臨川集為《新語林》，持草稿示余。余瀏覽一過，知其取才精而用力勤，雖僅以一二十年間見聞所及排纂而表著之，而網羅無遺，條目悉備，一時才士文人冷語佚事具見是焉，洵佳構也。

戊午五月既望　泗州楊士琦序

著者案：杏城表叔素喜《世說新語》，官樞府時，每退值，輒手一編自娛憙。嘗以所藏劉須溪、劉應登批本躬自讎校，重付剞劂。昨年仲夏，予小子以所擬《新語林》叢稿乞正於公，並乞弁首表章，公閱竟欣然執筆，頃刻而成。今是書出世，惜公已歸道山，不獲糾其刺謬、訓誨如昔日也，悲夫！

瀳一敬識

楊序

藻青仿《世說新語》作《新語林》，余弟杏城既為序之矣，更以屬余。余自少彌嗜劉氏《世說》，老而不衰，偶效閩人改詩，搜索故實，所得於是編為多。杏城有言，其紀述言行宏博簡要，有類於史；其為語雋永元妙，有類於諸子；其文爾雅可玩味，足以為詞章之助，良然，良然。藻青以世祿家，成積學士，將廿年間巨公名儒之種種事蹟，取其淵懿玄遠之旨，瑰異卓絕之跡，分門別類，彙集而雅言之，其精核可方劉《世說》，其整潔不下《今世說》。自非博雅通達，且留心當世之務之士，又曷克與斯哉？

藻青既脫稿，走告於余曰：「是書雖幸成就，不敢出而問世。」余曰：「前賢所作諸《世說》全襲他人之辭，蓋事實非可憑虛而構，不得不襲舊文，所謂出於人者也。子所作多獨得之秘，未經人道破者，造詞煉句，嘔血不少，所謂出於己者也。出於人，已足稱異；出於己，詎非難能，奈何因循不決耶？」藻青唯唯。余喜其書之成，爰綴數語於首。

庚申八月泗州楊士晟撰

自序

不佞自少嗜稗官家言，尤酷好劉義慶《世說新語》，肄業學校時，治科學餘暇，恒手一篇展玩弗輟。及長，隨楊味春表伯於任所，公博通群籍，喜劉氏《世說》單詞隻語，雋永玄妙，往往舉書中人物言行為談資，謂恨不為魏晉人，日與群彥身親酬酢。不佞愧未嘗學問，讀書每有疑難，輒得公片言而解。公弟杏城表叔，於書無所不窺，好宋人語錄，視公尤篤，在朝雖日與官書為緣，猶時時省覽，退而在野，幾靡晨夕不手此一卷自娛。比年先後居京師、津門、滬濱，不佞嘗侍側，每集名流為文酒之會亦間列末座，公謂臨翰多得是書之助。嘗慨歎今之才人性行與古賢哲不侔，語及士大夫某也賢、某也不肖，品評之公允、論議之平實無以加焉。不佞飫聞日久，且筆而存之，因不時叩公以時流佚事，公有所知必語，語必詳盡，不佞亦必詳記。積之多，碎紙片片盈篋中，益以他所聞知，擬編次成書，乃仿劉氏《世說》例，分德行、言語、政事、文學、方正、雅量、識鑒、賞譽、品藻、規箴等三十六條目，題曰《新語林》。

稿初成，出以示公，時公尚健在，曰：「時人而寫時人之事，執筆至不易易。人情什九好褒惡貶，如德行、言語、政事、方正諸門，其人其事可為世師法者，固當奉為圭臬。即輕詆、忿狷、惑溺諸科，要無傷大雅。自新、假譎、讒險、仇隙諸類，宜取事蹟昭彰者，縱使其人自讀之亦復無詞可辯。覽子是作，實獲我心矣。」未少選，以續成之稿示公，公猶及見之，迨脫稿而公竟不及見矣。凡所述固以不掩其真為主，而行文尚多不欲盡吐之言，非以恩怨為褒貶，非以好惡定是非。閱時卅有八月，其間人事牽掛，濡滯幾兩越寒暑，復嬰病擱置久之。顧不佞才疏膽弱，未敢求速，稿凡數易，僅成茲篇。事取其高潔，義取其公正，言取其雋永。或曰名流大節固多，豈獨借此一言一行而傳？不知此雖動止語默之細，皆足為讀書窮理之助，亦可覘社會之風尚、人心之趨向也。劉臨川取漢魏兩晉數百年之軼事類纂成書，而不佞欲以廿年間所見聞為東施效顰，世之覽者毋亦笑不佞之心勞日拙。然而不佞固非敢自誇撰著，聊資世人之談助云爾。

辛酉之春黎川陳贛一自序

例言

一、是書名賢斷自民國為準，有文章事業顯於勝清而歿於民國者不可不謂今之人也，均為採入。

一、《世說新語》稱謂最多，是書依例於名賢或稱名字、或稱官爵、或稱地望、或一人三四稱，閱者以次詳視可得。直恐乍檢無緒，摘其尤者別為諸人《名字異稱一覽表》於編首，以便省覽。

一、是書就事論事，如此事可入「德行」即入「德行」，可入「文學」即入「文學」，餘皆仿此。

一、是書每一條目所列諸人，不以一人一事為限，如其人政績有數可舉則俱入「政事」門，餘皆仿此。

一、是書諸人家世、履歷及諸事實，以次隨注，再見則注「見前」別之。

一、是書條目俱遵《世說新語》原編，卷目依《今世說》例分析為八卷。

一、前作《世說》諸公博引旁徵，所採書目多至數百餘種，少亦百數十種。是編全憑胸臆所及，顧一人聞見有限，世事洪纖無窮，畫虎之誚固所不辭，遺珠之憾更所難免。

一、時賢履歷徵求甚難，所載爵里、事略不敢憚煩，廣為搜輯。若遍覓不得，姑闕以俟之，尚祈海內大雅宏達匡其不逮，糾其剌謬。幸甚，幸甚。

卷一

德行

陳麓賓、高子益同官京曹，並有令德。傅夢巖曰：「麓賓一介不取，子益一塵不染，清亮純潔，可師可法。」

陳名宗嬀，山東東阿人，庚辰進士。授戶部主事，擢郎中，改度支部，授右參議，三遷至左丞。高名而謙，福建長樂人。由舉人留學法國，佐岑西林幕，累保道員，授雲南臨安開廣道，擢雲南交涉使，內調外務部左丞，復外簡雲南布政使。入民國，充駐比國公使，任滿歸國，補外交次長。傅名蘭泰，蒙古人，乙未進士。由戶部主事歷官至度支部右丞。

沈子培在官清介，為安徽布政使時，被服蕭然如諸生。有以苞苴謁者，沈嚴拒之，曰：「吾一日在任，爾輩無望茲事之行也。」一眾皆動色，縮手相戒，不可以嘗試，一時歌誦滿皖山。

沈名曾植，浙江嘉興人，庚辰進士。授刑部主事，擢總理各國事務衙門章京，外簡江西遺缺知府，調南昌首府，擢鹽法道，再擢安徽提學使，晉布政使，護理巡撫，乞病歸。沈博極群書，熟遼金元史學、輿地，餘詳見「文學」門。

袁慰廷慷慨好施與，以善為樂，寒士多依為生。天津徐菊人以孝廉館淮陽縣署，往遊其別墅。閽者外出，袁方在書齋讀書，徐不問主人逕入，袁起立揖談，互相傾服，遂定交。徐固貧，資之使入都應試，既成進士，袁益器之，嘗對人曰：「菊人，妙才也。」

袁名世凱，河南項城人，廩貢生。參吳武壯戎幕，由同知以功累保至道員，擢任出使朝鮮大臣。韓亂歸國，授直隸布政使，擢兵部侍郎，充練兵大臣，已而授山東巡撫，晉直隸總督，兼北洋大臣，調外務部尚書，兼軍機大臣、政務大臣、憲政編查館大臣。宣統初元，以足疾放歸田里。三年，起為湖廣總督，未之任，授內閣總理大臣。民國成立，以勸清室遜位功，被舉為臨時大總統。二年，正式國會召集，選舉為大總統。五年，自稱皇帝，改元洪憲，蔡鍔等舉兵反抗，憂憤而卒。

徐名世昌，直隸天津人，丙戌進士。授編修，佐袁世凱治軍京畿，以勞保道員，超擢商部左丞。旋開缺，加副都統銜，充練兵處提調，擢會辦練兵大臣，歷任兵部侍郎、兵部尚書、民政部尚書、東三省總督、郵傳部尚書、軍機大臣兼政務大臣、憲政編查館大臣、協辦大學士、體仁閣大學士、內閣協理大臣、軍諮大臣，授太保。鼎革後，僑居青島。民國三年，任國務卿。四年，辭職。五年，再任國務卿。七年，馮代總統任滿，國會選舉為大總統。

林琴南少時，見婦人輒踧踖隅匿。讀書蒼霞洲上，有莊氏者色技絕一時，逼而見之，林逡巡遁去。

林名紓，福建閩縣人，舉人。工詩、古文辭，善繪事，貧居自隱於小說，譯著歐美小說百數十種，世遂以小說家稱之，並著有《畏廬文集》、《畏廬續集》等書。

楊味春生平篤於風義，其戚杜星生年逾四十，妻死無子，欲納妾，又無資，楊惻然憫之，曰：「我與若干金，物色一佳麗如何？」杜稽首納其金，買一女置篋室。女固平陵狄氏婢也，未三稔連舉二雄，杜氏嗣續賴以不斷。

楊名士燮，安徽泗縣人，甲午進士、殿試二甲。由工部員外郎赴日本考查學務，充橫濱總領事官。回國，補授江西道監察御史，督理京師五城街道，典山西副主考，授兵科給事中。以弟士驤巡撫山東，例不得為諫官，遂外簡山西平陽府知府，調大同府知府，再調浙江嘉興府知府、杭州府知府，擢浙江巡警道。鼎革後杜門謝客，有欲薦公於政府及推舉為國會議員者，公皆嚴詞以拒之。杜名建章，浙江嘉興人。縣丞，江寧布政使杜文瀾之侄，善歌。

蔣克莊偕友共寓滬旅舍，友病，蔣日夜侍湯藥，己之事都置不理。友感激垂涕曰：「吾病非旦夕可瘉，子所事曷可久擱？」蔣曰：「君病篤，應有人扶持，生死關頭，余烏能辭其責耶？」友復嗚咽曰：「子遇我良厚，我愈不自安矣。」

蔣名維瀚，江蘇武進人，以善畫有名於世。

湯蟄仙樸實無華，出恒徒步。居武林時，一日，天雨，草笠敝屨，詣巡撫增子固，坐談良久。

及辭，增呼其輿馬，湯笑向差役索笠自執之，揚揚出門去。增退而對幕客張仲仁語之，歎曰：「蟄仙毫無官場習氣，猶是書生本色。」

湯名壽潛，浙江紹興人，壬辰進士。授庶吉士，散館選安徽青陽縣知縣，超擢兩淮鹽運使，未之官，遷雲南按察使，亦未之官，再授江西提學使，復不抵任，以疏劾盛宣懷落職。辛亥杭州起義，被舉為浙江都督。增名韞，蒙古人。起家佐貳，歷官至浙江巡撫，民國任參政院參政。張名一麐，江蘇吳縣人，壬午副榜，乙酉舉人。考取經濟特科，以知縣即用，分發直隸。袁世凱督直，耳其賢，延入幕，薦授天津海防同知，保知府。民國為公府秘書，政事堂成立，授機要局局長，擢教育總長。馮國璋代大總統，任為公府秘書長。

錢銘伯禮義自維，不苟言笑。其對親友宗族之有所求者，雖不必盡有安置，而授餐饋贐，無不如其意以去。眾皆傾心相向，稱其巨德不可及。

錢名紹楨，浙江嘉善人，壬午優貢。由工部郎中改官湖北道員，一度任安襄鄖荊兵備道，政績卓著。鼎革後杜門不仕，對於地方諸慈善事業靡不樂為之，鄉里交稱曰善人。其長子名泰，留學巴黎，研精法律，官司法部參事。

李梅庵貞固醇篤，禮法自持。既提學江寧，溫粹樸素，依然儒者，一時人士皆奉為楷模。

李名瑞清，江西臨川人。出身翰苑，以道員試用江南，三權江寧提學使，一權江寧布政使。鼎革後僑寓淞濱，改黃冠為道士，鬻書為活，歲入甚豐。朱瑞以五千金乞為其母書墓誌銘，李笑謝之，其高潔誠今世罕睹。

江杏村躬耕深山中，鄉鄰有伯仲爭田產，持械互鬥毆，江親調解之，不聽，乃長揖曰：「兄弟鬩於牆，外禦其侮，奈何勿省悟？」爭者棄械，叩首謝罪。

江名春霖，福建莆田人。由翰林官御史，有聲諫垣，因彈劾權貴還詞館，乞歸養親。同官開歡送會，到者逾千人，江賦詩三章留別，詩云：「朱雲汲黯昔稱賢，戇直羞將譽並延。葵藿有心空向日，葸蔥無力可回天。放歸田里原應爾，得返蓬瀛豈偶然。官錦舊袍萊子服，雷霆雨露總矜全。」「一別家鄉又九年，俸餘只剩買書錢。久無甘旨供堂上，獨有平安到客邊。班列神仙知不賤，老來母子料應憐。他時聖主如垂問，為道之推已隱綿。」「般勤樽酒足留連，驪唱還兼寫鳳箋。俊逸清新今鮑庾，悲歌慷慨古幽燕。良朋何日重攜手，事主同時半比肩。莫怨別離六千里，北來南去信能傳。」陳韜庵等皆和之。民國七年春，歿於家。

張菊生事母至孝。母嚴於禮教，菊生曲意承歡，非禮勿言，非義弗取。

張名元濟，浙江海鹽人，壬辰進士。授庶吉士，散館，授戶部主事。戊戌政變革職，再起授四品京堂，嗣擢學部副大臣，辭不赴任，為商務印書館總編輯，旋兼總理，擘畫精密，社會稱之。

升吉甫既辭陝甘總督，蟄居西安，每晨出，常布衣徒步入市肆，食酒饌，且共販卒並坐諧談。久之，肆主始知為前任督部，潔室待之，升至，肆主整衣肅容迎於門外，升異甚，詰之，肆主曰：「俗眼不識貴人，制軍屈臨者屢，簡褻良深。」升笑曰：「子誤矣，余都人而商於是者也。」於是遂去。

升名允，滿洲人，舉人。由部曹外簡陝西督糧道，累擢至陝甘總督。

黃季剛流竄東瀛，以不得返鄉里上先人塚墓為憾，宵中魂夢繞母丘墓。既寤，悲傷至於吻旦。其師章炳麟稱季剛念母若與阮籍同符。

黃名侃，湖北蘄縣人。

陳瑤圃清操自厲，為度支部侍郎，例得飯食銀至巨，辭不受，曰：「堂官少，司員多，以堂官所應得者分潤於司員，雖其費無幾，而諸人都不無少補。」

陳名邦瑞，浙江慈溪人，進士。授主事，累官度支部左侍郎。鼎革後寓上海，閉戶課子，不問時事。

岑盛之初為陝甘總督陶模幕客，陶去，薦於巡撫岑雲階。雲階先世固浙籍，與盛之同族，且為昆季，相見大歡，事無洪纖，視盛之一言而決。屢疏薦其賢，盛之堅卻之，其時方任長安縣縣丞，雲階曰：「君既不欲仕，而戀棧此貳尹奚為者？」盛之曰：「縣丞雖卑，官所入足贍吾一家。富貴人之所欲，吾自相無似，不敢作非分之想。」

岑名熾，浙江紹興人。以諸生納資為縣丞，授陝西長安縣縣丞，工書，能文章。岑名春煊，廣西西林人，舉人。由郎中擢五品京堂，晉太僕寺少卿，外簡廣東布政使，擢陝西巡撫，移山西，歷任陝甘、四川、兩廣總督，郵傳部尚書，加太子少保銜。民國任福建鎮撫使，漢粵川鐵路督辦。丙辰，西南諸省共起討袁，建軍務院於肇慶，推春煊為副撫軍長，攝行撫軍長事。

葉伯皋閉戶念佛，貧至弗能給朝夕，處之宴如。或勸之曰：「公何不出仕以求飽？」葉慍而不答。

葉名爾愷，浙江杭縣人，庚寅進士。授編修，督甘肅學政，旋任雲南提學使。辛亥之變，懷學署存款巨萬親交軍政府，被縛，眾毆之幾死，遇救得免。

魯繼生為人謹厚，事親盡色養之孝。母病目，膿血滿眥邊，日夜數舐之，然後塗藥，十年如一日。母歿，一慟幾絕，弔者為之落淚。

魯名奎元，江西黎川人。

黃秦生自高陽令移博野，前任何芳徠係故交，病且死，割歲俸之半助之，迨解任，囊橐如洗，不克成行。所親某責其不應從井救人，秦生曰：「君讀書人，詎未知患難相助，疾病象扶持耶？」

黃名國瑄，貴州息烽人。以知縣分發直隸，歷署高邑、高陽、博野、清豐，授定興，調補清苑，再調深州、易州，累保至道員。民國為獻縣知事，調薊縣，擢四川財政廳長，陟四川巡按使。

丁衡甫外和內剛，為清末疆吏之賢者。鼎革後僑居淞濱，課讀諸子，不問世事。袁總統屢徵不起，突任為水利局總裁，丁辭曰：「老朽不堪為世用，毋相逼太甚。」且賦詩示意。

丁名寶銓，江蘇淮安人，己丑進士。授吏部主事，擢郎中，外簡廣東惠潮嘉道，擢山西按察使，陟布政使，晉巡撫。戊午冬被刺於上海，死時年未六十也。

錫壽臣與某友善，某設肆京師，虧鉅資，乃議定以肆為彩，售票五萬張，中首彩者得肆。及期，錫獲焉，商賈紛紛具金爭購其肆，錫皆拒絕之，詣某曰：「君債已償，可無憂矣。」某曰：「吾肆非已屬公耶？」錫曰：「然，余何忍據君之肆為已有？」出票焚之。某慚不自安，堅請受肆，錫托故避去，而肆卒仍歸某焉。

錫名嘏，由貢生納資為郎中，授陸軍部郎中，擢右參議，裁缺後以道員記名簡放，未幾，授浙江杭嘉湖道。為人慈祥，嘗出資十數萬遍貽戚友。庚子兵亂，朝官寓多被毀，獨其居得免，論者謂天之報施善人，固自不爽。

費鑒清負米走江淮間，以信確見器於同業，所得滋豐，然見利弗擅，歲歉則廉其值而出之，不居平糶之名。里有石橋將圯，費謀諸其翁，條築法甚具，集資修之。時方熇暑，父子彳亍烈日中，指揮督察，數月橋成，堅利逾舊，父老咸曰：「是費氏父子者，世濟其美者也。」

費名啟豐，江蘇南通人。

楊杏城久歷膴仕，俸給外不苟取毫髮。董招商局前後幾十年，例得勞金十餘萬，楊謝不受而躅之公家。或問曰：「是奚為不受？」楊曰：「取之固足富，捨之不患貧，有用之金錢宜作有益之事業。」

楊名士琦，安徽泗縣人，壬午舉人。先後入李勤勇、李勤恪幕，累保至道員，充津榆鐵路總辦。袁世凱督北洋，任為幕僚之長，擢四品京堂，旋補授商部右參議，充幫辦電政大臣，遷左丞，轉會辦電政大臣，督辦輪船招商大臣，兼南洋公學監督，調充議改官制提調，擢農工商部右侍郎，特授撫慰南洋華僑大臣。庚戌兩江總督奏設南洋勸業會於江寧，朝命派充審查總長。辛亥還朝，未幾，晉郵傳部大臣。入民國，為政事堂左丞。

宋鈍初少孤，長避地東瀛，歷十餘年未嘗一歸省。其母年七旬，思子情切，每手示促歸，謂其「知有國而不知有家，知有親愛同胞而不知有生身之母」。宋捧書涕泣，長夜不寐。

宋名教仁，湖南桃源人。幼喪父，家貧，刻苦好學。長遊日本，與孫、黃等組織同盟會，主張革命。民國成立，為農林總長。二年春，奉袁總統電召，自上海起行，被刺於滬寧車站，不治而死，識者莫不悼惜。譯著《經濟學》等書。

袁容庵放歸彰德，親故無敢送者，獨嚴範孫、楊皙子便衣送至車驛，袁曰：「二君厚愛我，良感。顧流言方興，或且被禍，盍去休。」嚴曰：「聚久別速，豈忍無言？」楊曰：「別當有說，禍不足懼。」

袁見前。嚴名修，直隸天津人，癸未翰林。授貴州學政，任滿還鄉，倡辦直隸學務，以勞績授四品卿，擢學部右侍郎，轉左侍郎，晉度支部大臣。入民國，政府任為教育總長，未之官，授參政院參政。楊名度，湘南湘潭人，舉人。留學日本習法政，歸國後疆吏交章薦其才，得旨以四品京堂候補，充憲政編查館參議，旋授內閣統計局長。入民國，任參政院參政，有著述。

章枚叔流居海外，教授諸留學者以國學。睹國事敗壞，大憤，思適印度為浮屠，資斧困絕，不能行。寓廬至數日不舉火，日以百錢市麥餅以自度，衣被三年不浣，困厄如此而德操彌厲。

章名炳麟，浙江餘杭人。淹博群籍，以能文著名於世。嘗為《蘇報》主筆，著論主張革命，深切峻厲，以是繫獄三年。出獄後東渡日本，任《民報》主撰，為文盡革命之言，卒為日政府所封禁，窮困至無以為生。民國成立，創設統一黨，組織《大共和日報》，自為總主筆，為文多匡時之論，識者韙之。政府稽功，特授以勳二位，任為籌邊使。往來南北，醜詆國事，項城忌之，軟禁於京師龍泉寺，黃陂為總統乃釋之。著有《章氏叢書》。

徐菊人言貌溫和，素重風義，尤喜獎掖後進。門牛屬吏、鄉鄙親族有求恒應，無語不盡，士翕然歸之。最寵信者，嘉善錢幹臣、天門周少樸、紫江朱桂莘、固始吳士湘、閩縣張貞午。

徐見前。錢名能訓，浙江嘉善人。由編修遷御史，外任廣西學政，旋授奉天右參贊。裁缺後授順天府府丞，陟陝西布政使，護巡撫。民國為內務次長，擢政事堂右丞，未幾，任平政院院長，乞休去，起為內務總長，晉國務總理。周名樹模，湖北天門人，己丑進士。授編修，遷御史，外任江蘇提學使，旋授奉天右參贊，調權黑龍江巡撫，未幾真除。民國為平政院院長。朱名啟鈐，貴州紫江人。由佐貳積資為道員，晉四品京堂，授京師內城巡警總廳廳丞。徐世昌督東三省，調為蒙務局督辦，旋充津浦鐵路北段總辦。民國任交通總長、內務總長。吳名笈孫，河南固始人。由舉人納粟為員外郎，補民政部員外郎。民國為政事堂司務所所長，調印鑄局局長。徐世昌就大總統職，任為公府秘書長。張名元奇，福建閩縣人。由翰林擢御史，外任湖南嶽州府知府，調奉天錦州府知府，超擢奉天民政使。民國歷任內務次長、福建民政長、政事堂銓敘局局長、奉天巡按使、都肅政史。著《畺齋詩集》，編《清外史》。

楊味春為浙江巡警道，有員警學生某詣謁，楊熟視半晌曰：「似曾相識者。」某對曰：「曩日家君犯罪應仗，不肖願以身代，公憐而宥之。殊恩未報，赧顏干求，負疚益深矣。」公太息曰：「君純孝人也，久置閒散，予咎胡辭？」援筆委為警官。

楊見前。某未詳。

余壽屏性純孝，撫湘時遇辛亥之變，僑裝懷印挈僕潛遁出城，乘僕他顧縱身入河中。僕覺，援之起曰：「主人若死於是，誠清朝之忠臣，寧不念耄耋之封翁耶？與其為清室忠臣，毋寧作余氏孝子。」余大痛，如滬見翁，叩首嗚咽，喑不成聲。翁喟曰：「吾兒殉國，忠也；念父，孝也。吾誤吾兒不得謚文節矣！」

余名誠格，安徽望江人。由翰林官御史，外簡廣西思恩府知府，未之任，調陝西漢中府知府，擢廣西左江道，再擢按察使，三擢布政使，而以親老辭歸。復起為陝西布政使，移湖北布政使，晉湖南巡撫。

張紹軒未遇時受其鄉許文敏之惠，及貴顯，凡許氏子弟無少長賢愚，投之者一一為置頓。紹軒嘗對人曰：「微文敏，吾安有今日之尊榮安樂！」

張名勳，江西奉新人。出身隸卒，仕清歷官至甘肅提督，移江南提督。入民國，授陸軍上將，任江蘇督軍，旋授定武上將軍、長江巡閱使兼安徽督軍。丁巳，以主謀復辟褫職。

楊杏城好獎人才，為農工商部侍郎時，屬官中東海沈雨人、湘潭袁伯夔、南豐趙仲宣、如皋冒鶴亭、常熟邵厚甫不惜齒牙為揄揚。戊午九月，楊卒於滬邸，伯夔親視含殮，感恩知己，潸然涕下。

楊見前。沈名雲沛，江蘇東海人，甲午進士。入翰林，超擢農工商部右丞，旋署郵傳部右侍郎，兼署尚書，遷吏部右侍郎。民國為參政院參政，兼浦信鐵路督辦。袁名思亮，湖南湘潭人，舉人。農工商部郎中，民國為工商部秘書，旋授政事堂印鑄局局長。工詩、文、詞。趙名從蕃，江西南豐人，甲午進士。授工部主事，陟員外郎，改農工商部，遷郎中，授廣西勸業道，未之官，擢四品卿銜，充安徽清理財政正監理官。民國為財政部秘書，外任津海關監督，移兩浙鹽運使。冒名廣生，江蘇如皋人，癸卯進士。補農工商部主事，歷階至郎中。民國為甌海關監督，調鎮江關監督。工詩，有著述。邵名福瀛，江蘇常熟人，舉人。補農工商部郎中，擢右參議。民國歷濱江關監督、九江關監督、潮海關監督。

陶煥卿以事為仇家所陷，追捕正急而囊中不名一錢，乃求貸於友。友亦寒士，無法應其急需，其夫人在內室聞之，亟趨出，慨然卸臂間金釧贈之，於是方能就道，得免於難。陶每對人必談及茲事，臨死猶念不絕口。

陶名成章，浙江紹興人，為革命鉅子。民國元年，浙人擬舉君繼湯壽潛為都督，忽被人刺死於上海醫院。

陳二安性慷慨，久官鎮將，盡傾俸入以恤故人屬吏，其貧如故。人多笑之，不以介意。

陳名宧，湖北安陸人。丁酉拔貢，納粟為中書，擢授陸軍部員外郎，出任四川常備軍統領，轉任雲南新軍協統，擢陸軍第二十鎮統制官，以四品京堂候補。入民國，為參謀次長，擢成武將軍兼四川巡按使，調湖南督軍兼省長，未之任，內用將軍。

楊蔚霞淡泊寧靜，不事交遊徵逐，經其戶者有寂若無人之歎，揭幕視之則見其端坐看書或伏案繪事。

楊名士晟，安徽泗縣人，壬辰進士。以知縣即用，授江蘇無錫縣知縣並任崇明縣知縣，累任至道員，充蕪湖米釐總辦。入民國，授蕪湖關監督，移蘇州關監督兼交涉員。

梁仲毅與朱芷青交彌篤，朱故貧，梁曰：「吾當為子營一官，俾資事蓄。」已而果踐約。朱卒，梁哭曰：「芷青死，其家將無以生活矣。」亟為乃父圖一事，並醵千金遺其妻女，可云不忘死友。

梁名鴻志，福建閩縣人，北京大學卒業生。官法制局參事。朱名聯沅，浙江人，教育部主事。姿性純粹，喜讀書，有錢則日遊海王村書肆。其師陳石遺嘗標舉其鄉先生籜石齋悅親樓之集及黔中鄭莫二集，肆不易得，朱必求而得之。

蔣百里為軍官學校校長，凡所規劃輒為部司所掣肘，而素頗與諸生契洽，留固不可，去又不能。一日，突以手槍自擊，中胸，血流滿衣衫，眾驚駭大痛。百里以為必死，託知交料理後事，然傷非要害，醫治而癒焉，一時海內誦其風烈。

蔣名方震，浙江海寧人。初畢業日本士官學校，復卒業德意志陸軍大學。趙爾巽總督東三省時重其才，專疏薦為奉天督練處總參議官。入民國，授陸軍中將，充陸海軍大元帥統率辦事處軍事參議官。著有《職分論》等書行世。

楊杏城之母陳太夫人病篤，杏城朝夕侍湯藥，目罕交睫，衣不解帶。以刃割股肉和藥煎湯，進一服而瘳，杏城喜曰：「吾母病起而吾微傷，人子之事親固應如是也。」

楊見前。

袁項城徵沈子惇任司法部長，沈婉辭，袁曰：「此係眾意，倘不列君名於國務員單內，恐失人望。」沈曰：「是無不可，但必注明以病堅辭。」未逾歲，袁使長子克定敦勸其出山，沈正色曰：「寧死不做官。」

沈名家本，浙江吳興人，癸未進士。授刑部郎中，出守天津保定，擢大理院少卿，晉正卿，移法部右侍郎，充修訂法律大臣，擢法部大臣。鼎革後杜門謝客，一意著書，歿年七十四歲。臨歿前四日尚伏案著書，好學不倦如此。著有《枕碧樓詩稿》六卷、《枕碧樓偶存稿》八卷、《日南隨筆》八卷、《日南讀書記》十八卷、《說文引經異同考》八卷、《文選注引書目》若干卷、《三國志瑣言》四卷、《三國志校勘記》八卷、《古書目》三卷、《枕碧樓叢書》十二種，輯有《讀律校勘記》五卷、《秋讞須知》十卷、《刑案匯覽》一百卷、《刺字集》二卷、《歷代刑法考》若干卷、《歷代刑官考》二卷、《寄簃文存》四卷。

湯蟄仙束身廉介，以全力構成滬杭甬鐵路，為工暫而成功速，例應得勞績金三十萬，交通部如數與之，湯歎曰：「余生平不貪財，阿堵物足貽子孫害，當盡作教育經費，備學者不時之需。」及卒，其子遵遺命捐輸教育會，時論多之。

湯見前。

黎宋卿雅度雍容，道德純厚。項城稱帝，封為武義親王，鑄斗大之黃金印遣使賫送於其宅，黎嚴拒不受。

黎名元洪，湖北黃陂人。畢業天津水師學校，旋留學英國，歸任某艦長。甲午之戰投海以殉，遇救得生。張之洞督鄂，器其才，疊畀以重任，累擢至陸軍第二十一混成協統領官。辛亥之役，鄂軍首義於武昌，眾舉為湖北都督。民國成立，國會選舉為副總統，授大勳位。四年五月，大總統袁世凱病故，依法繼任為大總統。

蔡松坡為雲南都督，治軍嚴肅。民懷其德，醵貲建生祠、鑄銅像，蔡計取其金，遍遺饑民，婉謝曰：「諸君建祠鑄像尚在百千年後，哀鴻嗷嗷，食此涓滴之賜當可活命無算，彰人之功不若拯人之命。」滇人賢之。

蔡名鍔，湖南寶慶人。畢業日本士官學校，歷任廣西雲南軍官，擢協統。辛亥以起義功被舉為雲南都督，旋開缺留京，授昭威將軍，兼經界局督辦、參政院參政。未幾，任四川督軍，以病去，卒於日本某醫院。鍔文武兼備，輯有《曾胡治兵語錄》。

張季直嘗鬻字，盡傾所入資辦地方善舉。或問曰：「公何處不可羅集，而必賴腕力以成事，何也？」張曰：「吾豈不望人之助？然必吾力竭而後呼將伯，心庶安也。」聞者稱其賢德。

張名謇，江蘇南通人，甲午進士。以殿試一甲第一授修撰，嘗入吳壯武幕，中日戰爭主戰最力，及敗，乞病歸。集鉅資創辦實業，如紗廠、鹽墾、畜牧、輪船諸公司，一時並舉，成效冠大江南北。更出資興辦學校、設醫院、闢公園、築橋樑、修道路，世之稱自治者無不曰南通。清末授農工商部大臣，未之官。民國二年，出為農商總長，繼兼水利局總裁。袁世凱僭位，兩職並辭去。七年，授導淮水利督辦。工書，詩文均贍雅，散見於書報者不下千百篇也。

許久香之父以剛直犯吏忌，非罪陷獄，時久香年方少，奔走呼號於寧蘇及京師不得直。久訟家破，母憂悲臥病，諸弟妹咸小弱，久香出營救父，歸省病母，撫眾稚，極生人之艱困，踣道路者數。旋獄解，久香流涕嗚咽跪迎父，四方莫不嗟異其孝行。

許名鼎霖，江蘇贛榆人，壬午舉人。納資為內閣中書，尋從美、日、秘公使留海外，充秘魯領事，敘勞保知府，指分安徽，一督大通稅務、兩守鳳陽廬州，以道員擢奉天交涉使。宣統末被舉為資政院議長，不就。入民國被舉為江蘇省議會議長，乙卯卒於滬醫院。

汪精衛、吳稚暉、李石曾組織進德會，有八不之規約，曰不吃煙、不飲酒、不食肉、不狹邪、不賭博、不置妾、不作官吏、不為議員。一時社會頗有風從而靡之勢，雖逐漸冷靜，而汪、吳、李三人堅守弗渝。

汪名兆銘，廣東南海人。自幼能文章，既習法政於日本，復遍遊歐美，聲譽益隆。素主排滿，宣統間入京師以地雷謀炸攝政王載灃，事敗，賴肅親王善耆救得免於死。繫獄二年，辛亥革命事起，乃出說袁項城倒清室、建民國，項城韙之。迨共和成立，民黨推項城為臨時大總統，兆銘揄揚之力為多。粵人聞其賢，舉為廣東都督，力辭不就，項城餌以官尤力辭，世以是稱之。吳名敬恒，江蘇無錫人。勤儉博雅，為世所稱。嘗留學法政於日本，足跡遍歐美。讀書著述外不聞世事，真君子人也。李名煜瀛，直隸高陽人。蔭生，度支部郎中。嘗遊東西洋，旅法、日尤多。設豆腐公司於巴黎，又組織留法儉學會，學者樂歸之。

宋漁父長農林部，詣謁袁總統。袁睹其西服敝垢，因問曰：「君著此服已幾年？」漁父曰：

「留學日本時所購，穿已十載矣。」袁嗟慨久之，贈以銀摺一扣，曰：「為數無多，可置新衣。」漁父婉辭不受，袁曰：「何故？」對曰：「貧者士之常，今驟貴，烏能忘其本？衣雖襤褸，體尚可蔽，奚必尚華麗？」袁歎曰「余生平閱人多，如君志節亦僅見也。」

宋見前。

陳瀾生遭禁錮，王亮疇盡力營救之，不得出，日入獄探視，情詞周摯。瀾生感歎曰：「有友如君，余復何憂！」

陳名錦濤，廣東南海人。畢業美國某大學，歸國應廷試，列最優等，授進士，補度支部郎中，擢右參議。入民國，充駐歐財政委員，旋任財政總長，以賄案牽連入獄。王名寵惠，廣東東莞人。留美國法學博士，為民國第一任內閣司法總長。未幾辭去，為中華書局編譯中西書籍。八年，政府設修訂法律館，被命為總裁，移大理院院長。

陸孟甫事母極盡孝道，母年逾八十，起臥必親視，飲撰必擇至精者。嘗曰：「人冀子孫賢，為子者若不孝敬其父母，猶欲蔽風雨而反損其大廈之棟梁。」

陸名長佑，江蘇太倉人。由諸生考取謄錄，納粟為知府，指分江西。久居撫幕，積勞保道員，授江西里安府知府，擢南瑞袁臨道，移權巡警道。入民國，為江西國稅廳籌備處處長，旋授直隸政務廳廳長。

卷二

言語

周玉山曰：「資用不節，終必受困，臨事惜財，亦能誤事。」其子學熙嘗書諸座右，肅然曰：「此阿父名言也。」

周名馥，安徽秋浦人。由牧令歷階至津海關道，擢直隸按察使，晉四川布政使，移直隸，升授山東巡撫，署兩江總督，調補兩廣。入民國，袁項城遣使強之出仕，馥笑對使者曰：「余年已耄耋，不解共和政治，何能作官？」卒不出。學熙字緝之，初為浙江候補知府，繼以道員指省直隸，歷充要差，以勞積保授四品京堂，授長蘆鹽運使，權直隸按察使。入民國，兩度為財政總長。

范成齋授平谷令，平谷地瘠民貧，咸視為畏途，同人為之憂，成齋笑曰：「平谷居盤山之麓，饒山水之勝，昔陳六舟願以京兆尹易平谷令，余何人，敢薄而不為哉？」

范名中倍，山西祁縣人，癸巳舉人。歷官京兆、香河、武清、三河、平谷縣知縣。國變後從事教育，積勞而卒。

徐班侯為御史，嚴劾慶親王奕劻，疏中警語云：「金店辦捐而商賈售真名器，異端言事而庵觀作小朝廷。孩童乳臭，擁部首之尊；兒女姻親，踞藩雄之任。」江杏邨讀疏歎曰：「是方不愧諫官。」

徐名定超，浙江永嘉人，癸未翰林。授編修，擢京畿道監察御史。鼎革後未仕，就聘浙江通志局提調。丁巳春，挈眷乘普濟輪船返溫州原籍，船沉，徐與夫人均遇難。江見前。

李梅庵僑居歇浦，鬻書自活，江蘇都督程雪樓禮聘為顧問，李辭曰：「某學識虛淺，不諳職政。讚揚盛化，宣布和風，非某才力所能及。」

李見前。程名德全，四川榮陽人。以縣丞指分安徽，旋投奉天某副都統充幕客，累保至直隸州知州。某將軍疏薦其才堪大用，入都召見，得旨以道員交軍機處存記，授齊齊哈爾副都統，擢將軍，未幾授黑龍江巡撫。乞病歸，起為奉天巡撫，裁缺後授江蘇巡撫。辛亥宣布獨立，自稱都督，旋政府正式任命之，以足疾辭，再起任舊職。二次革命棄官逃滬，宣言不問政事。

劉申叔隨端方入蜀，端遇害，劉聞風逃滬，仇黨欲殺之，章太炎為之鳴冤曰：「今者文化陵遲，宿學凋喪，一二通博之才如劉師培輩雖負小疵，不應深論。殺一人無益於中國，而文學自此掃地，使禹域淪為夷裔者，誰之責耶？」劉因得免。

劉名師培，江蘇儀徵人，舉人。揀選知縣，保薦知府，充學部諮議官、粵漢川鐵路顧問官。嘗痛國學淪亡，與鄧實、黃節諸人創國學保存會於海上，刊售《國粹學報》，著有《讀左箚記》。

袁容庵馭軍嚴明，嘗誡兵士曰：「用命者乃手足，違令者即寇仇。」群卒聞之悚然。
袁見前。

孫慕韓性謙慳，遇人恂恂有禮。客問之曰：「公今顯貴，竟能不驕？」孫曰：「能諂人者能驕人，吾不能諂，又何能驕？」人之諂且驕者，深惡而痛絕之也。
孫名寶琦，浙江杭縣人。以蔭生官部郎，歷階四品京堂，充出使德國大臣。任滿還朝，簡署山東巡撫，旋真除。入民國為熊內閣外交總長，熊去位，代之為國務總理，仍兼外長。未幾並辭，任審計院院長，移任財政總長，再移稅務處督辦，嘗被推為招商局、漢冶萍公司董事。盛宣懷、楊士琦先後卒，繼楊為招商局總董，繼盛為漢冶萍公司總董。

楊味春有男子八人，嘗誡之曰：「唯德為能悠久，一切智慧魄力不足恃也。」眾唯唯。
楊見前。長子名毓璋，次名毓珹、毓珂、毓璟、毓琇、毓瑩、毓瑗、毓璪，諸人事略另詳。

趙智庵嘗誤呼陳宧為宦，聞者皆匿笑，俄頃悟曰：「二安口拙是一缺點。」

趙名秉鈞，河南汝縣人。由縣尉歷保至道員，指分直隸，充淮軍營務處統領、天津保定巡警總辦，從容擘畫，規模井然，成績幾冠全國。巡警部創立，以項城之薦得為右侍郎，易民政部，仍舊職。戊申項城開缺回籍，秉鈞亦以原品休致，養晦津沽，以書畫自娛。辛亥項城組織內閣，首薦為民政大臣。入民國，歷任內務總長、國務總理、直隸都督。

張小帆曰：「用人之道無他，信賞必罰而已。有功不賞則解體，有罪不懲則益肆。」

張名曾敭，直隸南皮人，甲戌進士。由翰林外任山西雁平道，擢福建按察使，晉布政使，移四川，授山西巡撫，調浙江巡撫，再調江蘇巡撫，未之任，乞病歸。民國政府屢徵不起。

王石琴嘗語諸子曰：「吾之不偶於時，性為之，亦命為之，但內省非吾疚者亦何恨？」

王名煜，福建閩縣人。舉人，官知縣。

熊健庵對鄧子通曰：「觀人極難，不可輕加毀譽。一席之議論或有可取，善其人一時之言則可，以此概其人之生平則不可。」

熊名升恒、鄧名通，均湖北黃岡人。

徐佛蘇嘗曰：「中國勢不能不革命，革命勢不能不共和，共和勢不能不亡國。」雖一時憤激之言，而愛國熱忱溢於言表。

徐名佛蘇，湖南長沙人。留學日本，卒業師範學校，嘗為《新民叢報》編輯。民國以來，為《國民公報》主筆，其師梁啟超薦於政府，被任為政事堂參議。

伍秩庸對狄楚青曰：「近日心中悟得一妙理，凡人之害我者決不可存報復之心。此心一發必有所著，環空一周，此毒仍射於吾身，無異自殺。」狄曰：「此義微妙，非公不能道。」

伍名廷芳，廣東南海人。留學美國，得法學博士，仕清歷官至外務部右侍郎、出任美國欽使。民國肇建，以功授勳一位。六年，任外交總長兼代國務總理。著有《民國圖治芻議》。狄名葆賢，江蘇溧陽人。少承家學，工書善畫，以創設時報館、有正書局有聲於社會。著有《平等閣筆記》、《平等閣詩話》。

政府稽勳，凡有功共和者，量功之巨細，分賞之等差，授張啬庵以勳二位。張聞報辭曰：「未知所以為民也而忽有位，未知何以慰民也而忽有勳。」

張見前。

政府授黃陂等三十人嘉禾章或文虎章，獨湯蟄仙辭不受。或曰：「公得毋沽名釣譽耶？」湯曰：「與使君子窺其罔恥，甘令小人笑其沽名。」

湯見前。

建都議起，南北殊言，章太炎有五害之書致參議院，反覆辯論，利害昭然。

章見前。其書略言：「頗聞堅守金陵者，謂燕京有使館炮臺之險、亡清污俗之餘，徙處南方，非獨避危就安，亦以滌瑕蕩垢。不悟政紀修明則舊污自化，釁非自取則攻具無施，此二者不足以成遷都之說。今復舉利害較之，中國幅員既廣，以本部計燕京雖偏在北方，以全邦計燕京則適居中點，東控遼瀋，北制蒙回，其力足以相及，若徙處金陵，威力必不能及長城以外，其害一也。北方文化已衰，幸有首都為衣冠所輻輳，足令蒸蒸不變，若徙處金陵，安於燠地，苦寒之域必無南士足音，將北民化為蒙古，其害二也。遜位以後，組織新政府者當為袁氏，若迫令南來則北方失所觀望，日露已侵及東三省而中原又失重鎮，必有土崩瓦解之憂，其害三也。清帝尚處頤和園，不逞之徒尚思擁舊君以倡亂者非止一宗社黨也，政府在彼則威靈不遠，足以鎮制，若徙處南方，是縱虎兕於無人之地，豈獨亂人利用其名，蒙古諸王亦或陰相擁戴，是使南北分離，神州幅裂，其害四也。交民巷諸使館，物力精研，所費巨萬，若迫令遷徙，必以重資備償，民窮財盡之時而復糜此巨帑，其害五也。今北方諸議者或思改宅天津，其實猶不如仍舊，而況金陵南服偏倚之區，備有五害，其可以為首善之居哉？謀國是者當規度利病，顧瞻全勢，慎以言之，而不可以意氣爭也。若曰南土為倡義根本，必不屈就北方，是乃鄙夫倔強之談，豈足數於大君子之前乎？縱依是說，則倡義之始實在武昌，又不應以金陵為宅矣。或言南中少吏，自愧輕材，以為建宅北方必被淘汰，由保圖祿位之心，騰其鼓簧以撓大計，明知大勢不可更改也，強與支拄以延雙方調洽之期，一日服官則一日沾沾自喜，初不慮民生之日瘁、外患之相乘也。竊以號稱志士，熱衷患失亦何至是？然以今日仕途混雜，不能無浮競之徒私相煽惑，諸君子職在建言，訏謀定命，豈忘國家久安之計而徇朋友利祿之情？吾以為必不然矣。」

湯蟄仙既辭浙江都督，袁總統器其才，聘為公府顧問。湯辭曰：「競利固屬小人，貪名亦非佳士，若誤噉殷浩之虛名，轉致樊英之失據，澆競將沿成風氣，穢濁更不減勝朝。輿論向背乃屬耳目，甚不願共和前途或自某敗壞。」其跡似亢，其誠可憫。

湯見前。

民國成立，百度維新，于晦若擬一聯懸於戶曰：「男女平權，公說公有理婆說婆有理；陰陽合曆，你過你的年我過我的年。」見者以為雋語。

于名式枚，廣西賀縣人，庚辰翰林。入李合肥幕，箋奏多出其手，由四品京堂授廣東學政，充出使歐美考察政治大臣，歸授吏部右侍郎。入民國，政府授為參政，辭不受任，旋卒。

黎黃陂促樊雲門赴鄂省長任，樊請寬限三月，黎再催曰：「微論九十春光，視蔭不及，即此一日三秋，已不勝東山蒼生之慕。」

黎見前。樊名增祥，湖北恩施人，丁丑進士。授庶吉士，散館後選授陝西渭南縣知縣，鹿傳霖撫陝、榮祿將軍西安均器之，疏薦其賢，以卓異召對稱旨，記名以道府用，授安賢鳳潁道，擢陝西按察使，晉布政使。因案褫職，再起為江寧布政使，一度護理兩江總督。民國元年，授湖北內務司長，未之任，晉民政長，亦辭不之官。四年入京，就參政院參政。著有《樊山全集》。

徐班侯官戶部，聯軍之亂，有譯者導德兵入宅，曰：「你南方人，有無金子？」徐以指畫桌曰：「京字是一點、一橫，一張大口，一個小人的小字。」譯者大笑，導德兵退去。

徐見前。

金病鶴中年多病，其前室周氏謂曰：「病鶴『病』之病字上去一點，則『無一點病』矣。」金喜其語雋。周歿，自署曰「病鶴」。

金名鶴翔，江蘇常熟人。

楊渭叟曰：「讀書達理方知慚愧，讀書多方多知慚愧。鮮讀書未必知慚愧，不讀書斷不知慚愧。」

楊見前。

章太炎致書袁總統，論治術云：「以光武遇赤眉之術解散狂狡，以漢高封雍齒之術起用宿將，以宋祖待藩鎮之術安慰荊吳。大端既定，然後政治可施。當法紀之未成，惟人才為亟務，徇故吏則不才者任事，安反側則無賴者入官，殊途同歸，皆以紊政。夫變革之世貴跅弛才，興作之時尚精白士。」袁答曰：「至理名言，親切有味。」

章見前。

袁項城創設參政院，羅致遺老為參政。有士面詰之，袁曰：「漢之良相即亡秦之退官，唐之名臣即敗隋之故吏。政治不能憑虛而造，參政責任綦重，非富有經驗者不理。」士無以難之。

袁見前。

楊虎公等創立籌安會，主張君主立憲。汪荃臺致書反對，有七不可之說，愷切詳明，闡發盡致，或曰是其子榮寶之手筆。

楊見前。汪名鳳瀛，江蘇吳縣人，拔貢。由部曹外簡湖南常德府知府，移長沙府知府。民國為參政院參政。榮寶字袞甫，拔貢生。留學日本習法政，卒業後以七品小京官簽分民政部，歷官至右丞。入民國，被選為眾議院議員，旋被命為比利時公使，調瑞士公使。著有《清史講義》。其反對君憲書略云：「不佞自辛亥以來每與知交竊議，以為治今日之中國非開明專制不可，共和政體斷非所宜。及見元、二年各省大吏之驕蹇，國會議員之紛呶，益覺前言之不謬。然就目前時勢論之，斷不可於國體再議更張以動搖國脈，其理至顯，敢為執事縷晰陳之。自上年議訂新約法，採用總統制，已將無限主權盡奉諸大總統，凡舊約法足以掣大總統之肘使行政不能敏活之條款悉數剷除，不復稍留牴觸之餘地，是中國今日共和二字僅存國體之虛名，實際固已極端用開明專制之例矣。夫謂共和之不宜於中國者，以政體言也，今之新約法總統有廣漠無限之統治權，雖世界各君主立憲國之政體罕與倫比，談歐化者豈無矯枉過正之嫌？顧自此制實行後，中央之威信日彰，政治之進行較利，行政漸歸統一，各省皆極其服從，循而行之，苟無特別外患，中國猶可維持於不敝。茲貴會討論之結果，將仍採用新約法之開明專制乎，則今大總統已厲行之，天下並無非難，何必君主？如慮總統之權過重，欲更設內閣以對國會，使元首不負責任乎，則有法國之先例在，亦何必君主？然則今之汲汲然主張君主立憲而以共和為危險者，特一繼承問題而已。顧新約法已定總統任期十年，且得連任，今大總統得為終身總統已無疑義，而繼任之總統可用堯薦舜、舜薦禹之成例，由今大總統薦賢自代，自必妙選人才，久符物望，藏名石室則傾軋無所施，發表臨時則運動所不及，國會選舉只限此三人，則局外之希冀非望者自絕，法良意美，舉凡共和國元首更迭頻繁、選舉紛擾之弊已一掃而空，尚何危險之足云？若猶慮此三數人之易啟競爭，不知世之名分有定，抑知競爭與否乃道德之關係，非法制之關係，苟無道德，法制何足以閑之？竊恐家族之競爭為禍尤甚於選舉，不觀明太祖非採用立長制者乎？太子薨，立皇太孫，固確守立長制也，而卒構靖難之變，當日與太祖同時並起之梟雄桀黠已芟薙無餘，與太祖共定大業之宿將元勳亦消滅殆盡，又無敵國外患出而橫加干涉，故倖免於亡耳。今則迥非其比矣，而公等必主張君主立憲，何所取義乎？公等既主張斯制，自必期其說之成立、其事之實行明矣，然而公等皆甚愛於今大總統者也，君子愛人以德不聞以姑息，今大總統於受任之初即已遵約宣誓，且屢次宣言決不使帝制復活，其言至誠愷切，亦經播諸文告、傳諸報章，為天下所共見共聞矣。往者勞乃宣盛唱復辟之說，天下譁然，群起而辟之，是為謀叛民國之大罪也。今大總統復嚴申禁令，後再有談及帝制者罪無赦，誠以今大總統為民國元首，受人民委託，信誓旦旦，為民國永遠保存此國體，禮也、義也。孔子曰：『自古皆有死，民無信不立。』果使於今大總統任期以內而竟容君主政體之發見，致失人信於天下，悖禮傷義，動搖國本，一不可也。民國元、二年孫文、黃興輩之謀亂，即藉口於今大總統有回復帝制之陰謀，全國人民確信今大總統之誓言，並無此意，故群曰孫黃為亂賊。今忽於大總統任期內而見大總統親信之人有君主政體之討論，是為孫、黃輩實其誣言，天下皆將服孫黃輩有先見之明，頓長其聲價，增其信用，是不啻代孫、黃洗其謀亂之罪，俾死灰得以復燃，二不可也。吾國旅居各國之僑民不下數千萬，莫不醉心歐化，以獨裁帝政為不然，故前清末造孫、黃輩倡言革命，華僑傾資相助，冀其有成，迨民國成立，咸欣欣然有喜色，相率回心內向，一旦見祖國復興帝制，是大失數千萬華僑之心理，不啻推而出之，使為孫、黃之外府，隱助以無限之資財，三不可也。優待條件許清室保存帝號，正以民國國體已更，無復嫌疑之可慮，故聽其襲用尊稱耳。假使民國復行帝制，則域中斷不容有二帝，勢必削清帝之尊號，寒滿族之人心，且清皇室近居宮禁，即不免逼處之大嫌，逸出範圍，慮或為奸人所利用，設有僉壬從而間之，為德不卒，勢非獲已而予人口實，恐天下從此多事矣，四不可也。近來各省水旱偏災，區域至廣，京鴻遍野，安集無資，而公家以財政奇艱，不得不厚增賦稅，繁徵苛斂視清末有加，諮怨之聲已所難免，然每徵一稅、設一捐，地方官恒召士紳商會，告以今為民國，國有所事責皆在民，擔負雖增，譬如自出己財以辦家事，彼紳商心雖不願，而無說以為抵拒之資，不得不俯首以從，今若回復帝政，彼習聞帝制者私國為一家之產，則觀念頓易，此後再欲增重人民負擔，私怨有歸矣，怨憤不平之氣鬱結於中，如積薪之蘊火，遇有梟桀鼓而煽之則一發不可復遏，借燎原之勢，揚伐叛之名，荼毒生靈，靡知所居。明季饑民迫為流寇，卒亡其國，可為殷鑒。即使重煩兵力幸，而以私天下之故殘殺同胞至無算數，天道好生，必有尸其咎者矣，五不可也。今日在朝諸彥罔非清室遺臣，正以國為民國出而為國服務，初無更事二姓之嫌、屈節稱臣之病，故一經勸駕相率來歸耳。設改為君主政體，稍知自愛者名節所關，天良難昧，勢必潔身引退，相與遁荒，其留而不去者，貪榮嗜利劣庸鮮恥之徒必居多數，此曹心理視仕宦為投機事業，勢盛則爭先推戴，勢衰則出力排擠，彼且不愛其身，尚何愛於國，更何愛於君？使當國者但與此輩為緣共圖治理，不獨乂安無望，抑且危險實多，六不可也。中國積弱，對外無絲毫能力，入民國後軍隊增多於前，而上次日本對我破壞中立橫肆要求，我惟屏息吞聲不敢稍與抵抗，情見勢絀，無可諱言。今我忽無事自擾，謀更國體，際此歐戰相持，愛我者或不遑東顧，而忌我者則虎視耽耽，惟恐我國之晏安無事，不先與謀，事必無幸。苟欲求其同意，非以重大權利相酬足饜彼欲，殆不可得，無端大損中國而厚利外人，而謂中國人民對於此等行為果皆翕然意滿乎？即不出此，彼或以國體相同之故，佯與贊成，觀釁而動，但使我於國體變更之際，地方稍有不靖，彼乃借詞干涉，別有所挾，以兵力臨我，人心向背正未可知，公等當此，將何以為計乎？七不可也。」

嚴範孫被命為教育總長，堅臥不起。政府叩以用人問題，嚴對曰：「任官惟賢，當求與時勢適宜之人與之圖治。」

嚴見前。

楊泗州為政事堂左丞時，或叩以用人問題，楊曰：「余主張新舊人才兼收並容，蓋舊人所長在有經驗，處事鎮靜，若能持大體而遇事敢為，負有朝氣，亦須讓新人才一步。但純用新人才不免偏於急進，致紛更過度，不適國情；反之，純用舊人才，亦必由停滯而入於腐敗。」

楊見前。

袁總統屬意楊皙子為教育總長，楊堅辭，袁曰：「君薄部長不為耶？」楊對曰：「教育閒曹，吾願幫忙，不幫閒。」

袁、楊見前。

易實甫閒居日下，貧不能自存，其鄉人袁寶庵與之善，問：「君能屈志小就否？」易對曰：

「枯魚入水，豈遑擇流？窮鳥奔林，烏暇問木？」遂薦為印鑄局參事。

易名順鼎，湖南龍陽人。由進士官道員，歷任廣西太平思順道、右江道、雲南臨安開廣道、廣東欽廉道、廣肇羅道、惠潮嘉道，自稱為六道者是也。幼能詩文，有神童之目，著《哭厂集》，有四魂七生之說，識者笑之。入民國為印鑄局參事，兩權印鑄局局長。

楊星川寡交遊，客訝問之，楊曰：「交不貴多，得一人可勝千百人。予生平知已，楊季子一人而已。」

楊名毓瑔，安徽泗縣人。畢業京師譯學館，欽獎舉人，以七品小京官指分外務部，充出使法國大臣隨員。民國歷任鐵路銀行要差，現任審計院核算官。楊名敞，湖南湘潭人。京師譯學館畢業，欽獎舉人，以道員分省補用。入民國，充漢口商埠督辦公署委員、中日實業公司秘書。

伍博士與黎黃陂相見，黃陂問外交人才，伍以子朝樞對。黃陂微笑曰：「君不及他人而先舉令嗣，得毋有私乎？」伍曰：「昔者晉侯求賢，祁奚舉其子午，詎今人之不逮古人耶？」黃陂頷首。

伍、黎俱見前。朝樞字梯雲，廣東南海人。留歐習法律，民國元年任湖北外交司長，旋辭職，被舉為眾議院議員。三年，任政事堂參議。四年，兼外交部參議。五年，權外交次長。

尹太昭在宴會中對客自負曰：「乃公誠東亞一怪傑也。」胡文瀾在座，搖首朗言曰：「見怪不怪，其怪自絕。」一座哄然。

尹名昌衡，四川彭縣人。日本士官學校畢業生，歷充陸軍管帶。辛亥起兵，殺四川總督趙爾豐，自稱都督，未幾，政府正式任命之。旋調任川邊經略使，以事為人所劾，項城令入覲，既抵京，數案俱發，竟入囹圄。蜀京官有與莫逆者力救之，得免於死，後移禁江寧，日伏案著書，成文數百篇，曰《尹氏叢書》。蘇督李純頗善待之，以厚帑聘為顧問。尹被酒大言曰：「是㚇㚇者，不足當乃公一醉。」李聞而哂之，知無異志，以其狀達政府，遂復自由矣。胡名景伊，四川巴縣人。畢業日本士官學校，歸為成都武備學校教習。錫良督滇，耳其賢，委充督練處參議兼講武堂總辦。與藩司沈秉坤甚契，及沈擢廣西巡撫，薦為混成協統領官。辛亥棄職歸蜀，未幾，代尹昌衡為四川都督，內調將軍。

秦宥衡上書袁項城曰：「可大在任賢，非修近何以召遠？可久在同利，非節用何以裕民？大治無刑，刑不用也而不可以一日蹟；大亂無教，教不行也而不可以當年止。」袁答曰：「名言讜論，敢不拜嘉？」

秦名樹聲，河南固始人，丙戌進士。官工部主事，以御史記名授雲南曲靖府知府，調雲南首府，擢迤南道，晉按察使，調廣東提學使。入民國，就清史館之聘為纂修，袁項城亦聘為公府顧問。

蔡松坡有言：「善用兵者勝敗決於未戰之先，比及干戈相見然後以爭勝負，亦已晚矣。」或問何以決於未戰之先，蔡曰：「民心之向背、地勢之得失，此勝敗之大原因，未戰之先已可見及。若夫軍旅之多寡，器械之利鈍，何足道焉。」

蔡見前。

柯鳳孫辭參政，人問之，柯曰：「政出多門，何參之有？」

柯名劭忞，山東人。翰林院編修，外任貴州提學使。民國三年，授參政院參政。

唐蓂賡為貴州都督，年方二十三，有客謂唐曰：「君年逾冠已膺疆寄，洵古今罕見。」唐曰：「甘羅為秦上卿年甫十二，余視之有愧色矣。」

唐名繼堯，雲南會澤人。留學日本士官學校，畢業歸，充陸軍管帶官。辛亥以平黔亂功被任為貴州都督，蔡鍔乞病，薦唐自代，移雲南都督，旋改任將軍，督理軍務。丙辰之役，眾推為軍務院撫軍長，儼然西南首領也。

康心孚創《雅言》雜誌針砭政治，旁及文學，有警語曰：「民意者，民當自言，無待代言。吾所言者即吾之言，初不必假民意以自重。」

康名寶忠，陝西人。自幼能文章，長而肄業日本早稻田大學，卒業歸國，充上海《民立報》主筆，旋自創《雅言》雜誌，頗風行一時。蔡元培長京師大學，聘為教授，遂入都，積勞而卒。

梁卓如辭幣制局總裁，有「以不才之才為無用之用」語，袁總統笑曰：「卓如非不才，總裁實無用。」

梁名啟超，廣東新會人，舉人，康有為弟子。戊戌變法，賞六品銜，充譯書局總辦。已而禍作，逋逃日本，組織保皇黨，設譯書社譯東西書籍，先後發行《清議報》、《新民叢報》、《國風報》。辛亥歸國，袁世凱薦為法部副大臣，不就，被舉為進步黨理事，創《庸言》月刊。癸丑，熊希齡為國務總理，推為司法總長。熊去位，逑帶下野。政府創幣制局，任為總裁，以無所事事辭職，授參政院參政。項城稱帝，反對甚烈，潛入廣西說陸榮廷舉兵反抗，佐岑西林治軍肇慶，任都參謀。丁巳參贊段祺瑞平復辟之亂，授財政總長。生平著述甚富，銷行最廣者曰《飲冰室文集》。

饒宓僧管湖北民政，尚得民心，以黃陂去志堅決，慮繼者或難共事，三呈辭職，不報，乃曰：

「子房之封大邑，既非素心；買臣之守故鄉，尤多慚德。」政府知其不可留，准之。

饒名漢祥，湖北廣濟人，舉人。以鹽場大使分福建，充提學使署科員。入民國，任湖北都督署秘書，晉秘書長，授內務司長，擢民政長，旋任參政院參政。黃陂正位，任為公府副秘書長。

潘蘭史、況夔生夜坐閒談，潘曰：「吾粵之某某實人妖。」況曰：「非人中之妖，乃妖中之妖。」潘曰：「何謂？」況曰：「妖由人興，人能驅妖，妖必不敢露形。妖與妖競，人不懼妖，妖又何能作祟？」

潘名飛聲，廣東南海人，舉人。嘗任教授於德京柏林，所入甚豐。歸國後僑寓海上，已而自築屋以居，曰剪淞閣。工詩。況名周頤，廣西臨桂人，舉人。內閣中書，嘗傭書上海商務印書館，著《眉廬叢話》、《蕙風簃筆記》等書。

黎黃陂以副總統兼領鄂督，疊辭乞退，其言曰：「追隨鈞座，長聽教言。汲湖水以澡心，擷山雲而煉性。幸得此身健在，皆荷解衣推食之恩。倘遇邊事偶生，敢忘擐甲執兵之報？」袁總統報之曰：「雖元老壯猷，未盡南服經營之用，而賢者久役，亦非國民酬報之心。勉遂謙懷，姑如所請。」

黎見前。

袁總統屢徵康長素，康堅不起，袁以詞致之曰：「京洛故人，河汾弟子。咸占匯進，宏濟艱難。愛國如公，寧容獨善？」康答曰：「問道求賢，三徵未已。猥以銜恤，未酬隆情。情豈忘於憂國，而創深巨於思親。」

康名有為，廣東南海人，乙未進士。授工部主事，嘗上書光緒言變法圖強，翁同龢疏薦之，稱其才勝己百倍。召入覲，令在軍機章京上行走。戊戌政變，慈禧大誅黨人，乃遁之日本，渡太平洋，遍遊歐美諸洲，成《十一國遊記》。共和建立，還國，項城屢徵不起，著書自娛。丁巳與復辟之謀，人問之，則曰：「吾固保皇黨首領，保皇即保清，是以主張復辟也。」

程雪樓嘗臨常州天寧寺，指一沙彌曰：「和尚何以不應有髮？」沙彌曰：「為除煩惱而做和尚，豈能不削去三千煩惱絲？」因問程曰：「公亦和尚，何以有髮？」程曰：「余萬念都泯，不覺煩惱，雖做和尚而煩惱絲可去可不去。」

程見前。

梁星海以書報吳子修云：「門外大雪一尺，門內衰病一翁。寒鴉三兩聲，舊書一二種。公謂此時枯寂否，此人枯寂否？」吳曰：「趣人趣語。」

梁名鼎芬，廣東番禺人。翰林院編修，以知府指分湖北，薦授漢陽府知府，移武昌府知府，擢漢黃德道，晉按察使。張之洞最寵信之，獨攬大要，同官咸側目，一時物議沸騰，不安於位，開缺以三品京堂候補，自是不復起矣。鼎革後，宣統師傅陸潤庠歿，繼其任，兼崇陵陵工大臣。旋卒，清謚曰文節。吳名慶坻，浙江杭縣人，丙戌翰林。授編修，歷任外省學政，授湖南提學使。

李仲軒遊西湖，止息楊氏別墅。浙江將軍朱介入詣謁，稱呼曰「大帥」，李曰：「勝朝督撫例稱大帥，清亡，帥何有？君為疆吏，不應作是稱。余係平民，豈願聞斯語？」朱大慚。

李名經羲，安徽合肥人。以優貢納粟為道員，授四川永寧道，丁艱開缺。服闋，授湖南鹽法長寶道，擢按察使，晉福建布政使，移雲南，擢雲南巡撫。因事革職，再起為貴州巡撫，調廣西巡撫，乞病歸，宣統初起為雲貴總督。入民國，嘗為政治會議主席，授審計院院長，未之官，旋授參政。項城稱帝，封嵩山四友，經義其一。六年，黃陂罷免國務總理段祺瑞，以之繼任，抵任甫三日而復辟之禍作矣。朱名瑞，浙江海鹽人。南京武備學校卒業，以道銜充安徽督練公所提調，旋充浙江陸軍第二十一鎮管帶。鼎革後，浙江都督湯壽潛委充警衛隊管帶，朱自請統兵援寧，乃率勁卒三千往，既捷，以功任第四軍軍長。湯退，蔣尊簋繼任，未幾蔣亦辭，遂授浙江都督兼民政長，改任興武將軍。袁氏僭號，西南諸省紛紛興師，浙軍亦蠢蠢欲動，朱對眾曰：「余受恩深重，寧自辭職，不能反抗。」眾怒，欲殺之，竟踉蹌逃滬。

章太炎被禁京師龍泉寺，袁項城慮其以文字煽亂，欲殺之，內史監阮斗瞻諫曰：「武曌讀駱賓王之檄布，猶許為人才；燕王受方孝孺之口誅，尚欲其不死。章之文章學術不可多得，無罪而戮之，公之智豈下於燕王、武曌乎？」袁動容，乃止。

章、袁俱見前。阮名忠樞，安徽合肥人。以道員指分北洋，入袁項城幕，晉四品京堂，旋授順天府府丞。入民國，為總統府秘書，擢秘書長，改任內史監。

俞恪士結廬聖湖，以年來花柳剪伐日少而西式樓閣益多，笑對客曰：「西子雖趨時作歐美裝束而丰韻猶存，洵不愧絕世佳人。」客莞爾。

俞名明震，京兆大興人。由翰林官道員，晉授甘肅提學使，權布政使。以詩名於時，著有《觚庵詩集》。

楊晴川喜讀小說，或目之為書癡，楊曰：「小說之佳者，能使人泣為之破涕，憂為之解頤，行坐為之忘寢食。」

楊名毓瑔，安徽泗縣人。畢業京師譯學館，欽獎舉人，以七品小京官分大理院。入民國，為交通部主事，辭職入中國、交通兩銀行，旋繼孫多森為中日實業公司專董。呂調元在皖省長任薦其才，以簡任職交國務院存記。

客問李季皋曰：「邇日往來者都是何等人？」李曰：「閉門謝客，擁書自樂久矣，朝夕往來於室者，一貓、一犬耳。」

李名經邁，安徽合肥人。以一品蔭生授工部員外郎，擢郎中，晉四品京堂，充出使比利時大臣。任滿返國，授河南按察使，移浙江按察使，超權民政部右侍郎。

袁項城既殺王治馨，會將軍陸朗齋入謁，袁問曰：「尊容何故消瘦甚？」陸對曰：「兔死狐悲，唇亡齒寒耳。」袁色變。

袁見前。陸名建章，安徽蒙城人。畢業北洋武備學校，積資保道員，授廣東雷州鎮總兵，移甘肅涼州鎮總兵，再移山東曹州鎮總兵。入民國，授陸軍中將，充京師軍警執法處處長，已而以將軍督陝西軍務。丙辰之役，師長陳樹藩舉兵攻之，遂走京師。

政事

趙勁修為蓬州牧，事必躬親，案無留牘，客顧之曰：「吾見牧令多矣，未見如君之勤政愛民者。」勁修微笑曰：「今之一行作吏，百里專城，兀然高踞民上，其精神多役於酬酢，以為陟階之捷徑，故大都吏治廢弛，民生憔悴。予亦人民，民心即我心，民事如己事，作官何止十年，但知謹守三字曰清、慎、勤。」

趙名金鑒，江西宜春人。丁酉拔貢，朝考列一等，以知縣指分四川，歷任蓬州、大邑、灌縣，以平匪功擢道員，授雲南騰越鎮總兵。入民國，隱居深山，項城屢徵之不起也。工詩，字亦勁秀。

樊樊山歷官陝西宜川、渭南諸大邑，嫉惡如仇，聽訟明決，有仲由折獄之長，雜曼倩詼諧之筆，良善有所勸而無情者不得盡其辭，凡對薄公庭莫不相悅以解，世比之海剛峰、陸稼書。

樊見前。

裴伯謙為番禺縣知縣，前令積盜劫案凡五十，裴甫受事，廣州守謂之曰：「倘能先破其二三，論功亦匪細矣。」裴對曰：「治盜乃令之責，一月為期，即全獲亦不難。」守殊不信。甫廿日，累搜得盜巢，人贓並獲。蓋裴化裝溷入匪中，探其實然後破其穴，一網而盡擒焉。守擊掌歎曰：「古之龔、虞無斯才也。」

裴名景福，安徽霍山人。以名進士為宰東粵，屢任劇邑。其任南海時，總督岑春煊嚴疏劾罷之，遣戍新疆，未幾放還。入民國為安徽政務廳廳長。工詩文，刊有遊記、詩集。

楊味春守山西平陽，有巨賈自塞北滿載而歸，其妻啟篋，取珍品數事以與女而以被盜紿賈。賈莫信，偵探多日不能得，遂以被盜控諸縣。令不察，傳嫌疑者數人至，嚴刑拷問，卒誣服，問贓物，姑對曰已售去矣。讞定，以文達府，楊震怒，斥令昏憒，委員詳查得其實，傳賈及其妻女親訊之，一鞫而服，郡人以為神。或問之，楊曰：「此無他，惟審情度理耳。」

楊見前。

王子雲令南海，例報獄囚微有錯，總督岑雲階召責之。王啟曰：「首縣煩劇，例稾皆委於刑錢，故時或小誤，不及檢，各省多如是，非獨南海為然也。」岑恚曰：「是豈牧令之存心耶？州縣為親民之官，刑獄乃民命所繫，例視而忽之，所失必多。刑獄猶然，其他可想。且妄援稗政，圖委卸，是不自振作而甘為俗吏終也。」即日撤懲之。

王名嵩，廣西人。岑見前。

袁海觀知銅山縣，銅山素多盜，盜魁張三里者連群數千，橫於江北，縣中大猾胥役與根結相首尾，名捕三十年瞠目相向。袁始至，陽縱不問，偵窟穴所在，驟起擒治之，駢戮其徒數十人，一邑訟為神明。

袁名樹勳，湖南湘潭人。以知縣指分江南，歷權高淳、銅山、上海，補南匯，旋以知府分江西，司榷景德鎮。劉忠誠疏薦其才堪大用，特授天津府知府，未之官，擢荊宜施道，調蘇淞太道，晉江蘇按察使，內擢順天府府尹，陟民政部左侍郎，外簡山東巡撫，擢署兩廣總督，乞病歸。民國三年，政府授為參政院參政，未就，旋卒。

袁項城治軍畿輔，有營弁入民家食鴉片，袁執而誅之。諸弁糾五百餘人，咸稱有癮，罷工，將見袁。袁戒衛卒多備刀索，至則縛而殺之，諸弁旋散去。左右聞之，謂曰：「果來，能盡殺之乎？」袁曰：「惟田橫之徒能同死，烏可律諸弁。示怯必來，示威必散。果來，擬盡縛之，按名提問，認癮者立斬，不認者釋之，不過戮一二人，餘皆必不認矣。」

袁見前。

沈子惇以侍郎總裁法律館，廣延中外法學名家為之佐，探微索奧，譯成各國法律書數十類，犁然知異同之原與改革緩急之計，廢舊律，訂新律，綱舉目張，循序漸進，删繁補漏，熔舊鑄新，歷層累曲折而終底於成。僉曰：「子惇修訂法律，革歷朝之秕制而主輕刑，採列國之成規以蘄合轍，實伯夷降典以來所未有。」

沈見前。

楊杏城持節渡南洋，稔知僑民久困於外人苛法重稅，立與美官和官約蠲苛例，置領事官，設商會，僑情大悅。既返命，力陳僑民忠愛狀，並條陳所以維持招徠之道，上嘉納。

楊見前。

林贊虞由御史出守雲南昭通，對眾曰：「為政大旨在為民興利，先為民除害。」治昭通一年，劾貪官劣紳，懲猾吏蠹役，曰：「此四者不除，百姓不聊生。」及為河南巡撫，劾道府以下不職者逾百人，將去，猶劾數十人，曰：「終不留為汴民害。」

林名紹年，福建閩縣人，甲戌進士。由翰林官廣西道監察御史，簡授雲南昭通府知府，調補雲南府知府，擢迤南兵備道，晉貴州按察使，歷雲南、貴州布政使，雲南、貴州、廣西、河南巡撫，民政部左侍郎，倉場侍郎，權郵傳部尚書，軍機大臣上行走。國復後，隱居析津。子葆恒，舉人。

以道員指分直隸，一度權提學使。入民國，久於銀行界，有才名。

錢銘伯為安襄勳荊道，絕饋遺，親賢士，嚴緝捕，興善舉。嘗對人曰：「為政貴力行，尤貴盡心。予雖遇事力行，惟恐不盡心耳。」

錢見前。

黃凝齋為定興令，邑當拳匪亂後，瘡痍滿目，案牘若山積，凝齋嘔喻損瘠，訟無宿留，囹圄為之一空。

黃見前。

曹根蓀守山東青州，郡故有駐防滿營，其兵米由濟南所屬各州縣折銀解府，由府以銀易錢，按月支放，歲必與濟南各屬爭折價，月必與駐防各官爭米價，利藪所在，官事掣肘。曹曰：「此市道也，何足以治民？」請於撫軍，按月以折銀盡數轉解，滿營百餘年積弊為之一清。

曹名允源，江蘇吳縣人，己丑進士。官工部主事，兩遷至郎中，外簡直隸宣化府知府，調山東青州府知府，再調湖北襄陽府知府，權漢陽，記名以道員在任候補。生平守正不阿，足跡不至權貴門，雖獲上得民而內無奧援，故作郡十餘年未嘗進一階，清末士大夫中不數數睹也。工詩、古文辭，著有《復庵類稿》八卷、《公牘》四卷、《鬻字齋詩略》四卷。

趙醴泉歷任四川富順、安岳、德陽，獎善懲惡，親賢遠佞，所至獄無罪犯、野無盜賊，治蹟為天下冠。

趙名淵，山西河曲人，庚寅進士。以知縣分四川即用，歷任劇缺，累保至道員。錫良督滇，調充雲南防軍統領，錫移東三省，復薦為黑龍江民政使，以防疫事為巡撫周樹模所劾罷，非其罪也。入民國，政府任為山西民政長，不就。

楊俊卿授淮揚海道，江北水災，嗷鴻遍野，楊曰：「此應令諸州縣辦賑，免其流離以治其本；以清江浦流養，杜其南下以治其標。」遂築廠八十，悉居災民，積至五十餘萬人，免釐停徵，散米給錢，招徠商販沿廠市買，儼成村鎮，派員馳赴各邑力籌賑撫。經營既定，乃以資遣，眾相率而去，去速且盡，輿論比諸北宋富鄭公。

楊名文鼎，雲南蒙自人，己卯進士。由郎曹致官道員，試用江寧，權淮揚海道，旋真除，擢貴州按察使，移湖北，擢布政使，攝總督，晉授湖南巡撫，調陝西巡撫。

胡瓊笙宰彌勒縣，二十八寨有積盜，三年易八令不能治，胡至，告戍將曰：「請兵捕討，寇得為備，今出不意往，可破擒也。我先行，君繼之。」戎服佩刀，夜襲，擒諸盜斬之，一縣肅清。

胡名國瑞，湖南攸縣人，舉人。大挑知縣，分發雲南，屢任州縣，補平江令。國變後未幾，投井死。

沈子鈞銓授桃源縣訓導，或謂：「君學官無以自見，盍棄之？」沈曰：「官不負人，人自負官耳，天下安有不能舉之職哉？」比抵任，召邑中知名士，闢精舍，講學其中，所造就綦眾，張蔚西學行卓卓，其一也。

沈名保衡，江蘇武進人，舉人。由桃源縣訓導晉階知縣，分發安徽，屢管稅務，有賢聲。著有《穆堂詩文集》、《穆堂詩話》。張名相文，江蘇桃源縣人。眾議院議員。

沈淇泉督學關中，裁宏道、味經、崇實三書院，創宏道大學，羅致中外新書，纂為提要，授諸生循途講習，三輔風氣為之開化。沈召耆老而告之曰：「予知無不為，為無不實。」去之日，父老士女攀轅遮道者傾城空巷而來，有送至百里外而猶不忍去者。

沈名衛，浙江嘉興人。翰林院編修，出督陝西學政。入民國，為國史館編纂。

楊蔚霞先後令無錫、崇明，為治清峻，深得民心，接僚佐和藹多厚德，事上官鯁直捐顧忌，合則嘗畫策，不合必力爭。崇明地居海濱，俗開化，不勞而理。去之日，老弱夾道歡送，同聲歎曰：「安復得此賢令尹。」

楊見前。

嚴子猷守福寧十有七年，移汀州，戒裝，耄弱依依遮祖道，爭言：「仁侯臨我久，比翁媼之狎子姓，今棄我，奈何？」多泣下者。

嚴名良勳，江蘇吳縣人。卒業廣方言館，以主事擢郎中，佐吳贊誠治福建船政，以勞績保知府，簡授福寧府知府，調汀州，再調泉州，三調權福州。子家熾，累官至廣州府知府，擢權巡警道。入民國，任廣東財政廳長，兩任湖南財政廳長。

勞玉初宰吳橋，居官廣明，獎學勸農，惠工守法，息交涉，利交通，百廢俱舉，時稱畿輔第一循吏。

勞名乃宣，浙江桐鄉人，甲戌進士。以知縣分直隸，歷權清苑、豐潤，除吳橋，內用吏部主事，晉四品京堂，充憲政編查館參議，出為江蘇提學使。民國三年，政府授為參政院參政，力辭不就。

劉春霆鎮守川邊，嘗短衣策騎，出巡郊外。一日，捕盜黃水河，腰腿皆傷，死守弗退，卒殲厥渠魁，脅從亦盡斃，賊眾戲呼曰「劉拚命」。

劉名銳恒，四川涪縣人。由士卒累官至副將，擢雲南臨元鎮總兵，晉雲南提督。民國三年，起為川邊鎮守使。

王聘三布政中州，事無洪纖皆委曲周詳，接僚屬細語溫溫，視若子弟。某令，材士也，無罪奪官，王察其實，力請於撫軍復之。撫軍曰：「令即予罷劾，胡可出爾反爾？」王正色曰：「是非不明，進退無據，則貪官負高名、賢吏蒙冤抑，為上官者詎可不詳審耶？」撫軍大有愧色。

王名乃徵，四川中江人。由翰林官御史，有聲諫垣，出守江西撫州，諸疆吏交章薦其賢，遂以道員存記。載灃攝政，以素器其人，立擢為湖南嶽常灃道，再擢江西按察使，未之官，三擢順天府府尹，出為湖南布政使，調湖北，抵任未一月，護湖廣總督。自知府攝兼圻為期甫數月，清代所罕見也。總督瑞澂抵任，與之政見不合，乃移任貴州布政。鼎革後，家於海上，自稱「潛道人」，鬻醫自活。

庚子之亂，慈禧后方弄權專政，召百官入覲，諭各攄所見。朱古微越次奏曰：「皇太后信奸黨，恃亂民以敵外國，今禍在眉睫，乃欲逐眾匪，不知屬意何人辦此重大之事？」慈禧曰：「董福祥可靠。」朱曰：「董福祥老奸巨猾，斷不可恃。」慈禧正色厲聲曰：「爾何姓名，何官職？竟膽大乃爾！」朱曰：「臣為侍讀學士朱某，心所謂危不敢不告，刀鋸斧鉞乃所不辭。」及退，慈禧猶怒目送之。

朱名祖謀，浙江吳興人，癸未進士。授編修，陟侍講，歷階侍讀學士，晉禮部左侍郎，出任廣東學政。乞病歸，結廬吳門，日以詩詞自遣。宣統三年，授弼德院顧問大臣，辭不就。工填詞，世無其匹，著有《彊村叢書》，詳見「文學」門。

趙芝珊為寧夏府知府，時隴上駐軍什九皆回人，故提督董福祥之舊部也，董擁資逾千萬，私儲軍械無算，政府深引為慮。趙蒞任，向其子若孫曉以利害，眾感悟，盡獻藏甲，且報效巨餉，群疑遂釋。總督升吉甫專疏稱其才，曰：「今之龐士元也。」

趙名惟熙，江西南豐人，庚寅進士。授編修，先後任陝西貴州學政，旋以京察一等簡甘肅寧夏府知府，擢巡警道，權布政使。辛亥蘭州兵變，以平亂功被舉為都督，旋政府特授陸軍上將銜，任為甘肅都督。未幾，開缺留京，充政治會議議員，繼授參政院參政。升見前。

朱子橋統奉天巡防軍駐錦州，時日俄戰方烈，避兵者麕集其境，子橋日夕策騎指揮諸軍，巡視獲匪，便宜斬之，一境安謐。將軍趙次珊得報震怒，以文申斥曰：「此何等事竟不稟命而行乎？」子橋答曰：「治匪貴神速，則便宜行之亦何罪？」

朱名慶瀾，浙江紹興人。以知縣歷官至道員，充奉天巡防軍統領，旋隨四川總督趙爾巽之蜀，擢四川陸軍統制。民國任黑龍江都督兼民政長，改授鎮安右將軍，督理黑龍江軍務。乞病去，起為廣東省長，任事未久，又辭職。出巨資興辦實業，嘗從南通張謇遊，頗著成效云。趙名爾巽，山東泰安人，甲戌進士。授編修，充湖北鄉試主考官，補御史，出任貴州安順府知府，調貴陽首府，陟貴東道，擢安徽按察使，再擢新疆布政使。丁艱守制，起為山西布政使，護巡撫，調補湖南巡撫，晉署戶部尚書，復外任奉天將軍，未幾，授湖廣總督，移四川總督，再移東三省總督。辛亥軍興，眾舉為奉天保安會會長，以都督名義維持地方。迨南北統一，共和政府成立，袁總統遂授為奉天都督，旋乞病歸，起充清史館總裁，繼又兼參政院參政。項城僭位，封嵩山四友，趙其一。

沈思齊以名孝廉令仁和，一日，饑民聚數千人圍跪撫院，哀乞救濟，聲言不得請不去。撫軍慮有變，亟召首令，沈單騎至，對眾曰：「爾輩無嘩，本縣已購儲米糧將散放，望爾輩明日齊入散放所依次領取。」眾聞語大安，紛紛散去。沈入報撫軍，撫軍曰：「應變之才，吾愧莫如子矣。」

沈名維賢，江蘇松江人。以舉人試令浙江，歷官嘉興、桐鄉、石門、仁和諸劇邑，保知府。入民國，先後任江蘇省議會議長、議員。清宣統間宰仁和，巡撫增韞令彈壓饑民，思齊事先無所聞，既至，知非空言所能解，乃詭言已購米待放，饑民信之，乃亟將倉中積米數千石散放，而饑民莫能為亂矣。

張金波久官遼東，三十年間馳騁關外，捕賊卻敵，排難解紛，抑強扶弱，滿蒙羌漢望若神人，有「快馬張」之名。家人婢嫗舉其名以止兒啼，群目為張遼第二。

張名錫鑾，浙江杭縣人。以佐貳久官湖北，擢知縣，累保道員，授奉天興鳳道，因案革職，再起任原缺，權度支使，旋開缺，加副都統銜，充奉軍翼長。山西巡撫吳祿貞被刺死於石家莊，繼其任。入民國，授陸軍上將，為直隸都督，移奉天，改任鎮安上將軍，督理奉天軍務，兼管吉林、黑龍江軍務，調湖北，未之官，內任上將軍。能詩，著有《張都護集》。

金道堅宰故城，故城民風悍暴，素多逆倫案。有母控其子忤逆有據，金親鞫訊，盡得其實，大怒，命弁重笞之，立斃杖下。民懷其德而畏其威，相誡無敢犯。

金名永，浙江杭縣人。初以知縣需次直隸，歷任定州知州，安平、故城、邯鄲等縣知縣，所至有聲。東督徐世昌聞其賢，調之關外，權賓州、知州，擢授新民府知府，移雙城府知府，攝奉天巡警道。入民國，為山西內務司長，晉巡按使。

趙芷蓀、趙竺垣、江杏邨同為諫官，直言極諫，以風力聞天下，時稱三御史。

趙名啟霖，湖南湘潭人，壬辰進士。授編修，遷御史，以嚴詞彈劾親貴罷去，起為四川提學使。趙名炳麟，廣西全縣人，乙未進士。入翰林，授京畿道監察御史，嘗羅舉京外大吏不法狀列諸彈章，以是罷職，旋授四品京堂，充廣西鐵路總理。入民國，為眾議院議員，外任山西實業廳廳長。江見前。

光、宣之交，三御史既罷黜，繼起者有胡瘦唐，尤負倔強名。嘗憤端方罔利行私，奸貪不法，劾之曰：「論今日疆吏之寄，莫要於南洋；近時大吏之污，莫甚於端方。」疏入，即襆被出都，人問之，曰：「朝貴方袒護端方，余斯舉無異自投法網，且歸去一覘結果。」以是直聲震海內。

胡名思敬，江西新昌人，乙未翰林。授編修，擢御史，以彈劾端方得名。平居好讀書，廉俸所入悉購置書籍，捐藏圖書數千卷於豫章圖書館。

楊渭叟為嘉興府知府，有管帶董耀庭者，以非罪陷獄，判處有日矣。楊深悉其冤，為文力爭於撫院，撫不報，更以情達督部，督據以詰撫，令查明複審，遂出董於獄。一日，閽者入刺，視之，董也，辭不見，固請乃延之入，董叩首嗚咽曰：「某久陷冤獄，微公已入鬼籙矣，再生之德何以報之？」楊曰：「予為官，據法出無辜，職責應爾也。」

楊見前。董名道勝，安徽人。起家行伍，以營官晉管帶，隸嘉防營統領部，擢幫統，再擢統領。入民國，為游擊隊統領，擊匪死於召州戰地，追贈陸軍少將。

朱小箹知秀水縣，有內河水師營弁糾合散卒，劫巨賈顧姓家，朱得報率隊往捕，獲數盜，餘皆竄去。還署及途，一盜迎面而至，舉手作放槍狀，朱立下輿，佯曰：「吾知爾非劫案中人，奈何亦欲行兇耶？」盜不虞有他，從容掠輿而過，從弁即執而繫之，朱曰：「不一網打盡，後患即在目前。」乃親詣營，擒行劫之諸弁置諸法，自是終任三年，城內外不復見盜之蹤跡。

朱名啟鳳，江蘇宜興人。以進士即用知縣，分浙江，歷任仁和、錢塘、秀水諸縣，保知府，權杭州府知府，再保道員，改分河南，內調監政院顧問官，記名弼德院參議。入民國，杜門不出。

譚芝雲為衡永、郴桂道，為治七年，衡永災旱相繼，郴桂亦半歲不雨，四州饑民數十萬，求訴於官，諸牧無策以救之，譚歎曰：「是固吾之責。」頓解囊資，然杯水車薪，何濟於事？急乞憐鄂湘督撫及漢滬巨賈，有得即散放，散放必平均，賴以生活者十人中有八九，眾感之刺骨，相與伐石樹坊於衡之漾湘門，以誌不忘。

譚名啟瑞，貴州鎮遠人，壬辰翰林。授編修，改官道員，指分直隸，授陝西潼商道，移湖南衡永郴桂道，歷權勸業道，鹽法長寶道、按察使、布政使。入民國，任國史館纂修。

辛亥軍興，黎宋卿威振江漢，天下向風；林頌亭身先士卒，百戰百勝；唐少川舌戰群英，心力俱瘁；伍秩庸弜定共和，百折不回；段芝泉首請遜位，威加萬乘；汪精衛和會南北，轉危為安。國人頌功績者，僉稱此六人。

黎見前。林名述慶，福建閩縣人。少年倜儻有大志，嘗憤然曰：「男兒居今不學萬人敵，顧以文書終，恥孰甚焉。」於是挺身投福建武備學校，既卒業，充南京三十三標一營排長，擢隊官，晉三十二標三營管帶，改三十四標二營管帶，擢統領。辛亥之役，鎮江、蘇州、杭縣、上海聯軍攻金陵，述慶率鎮軍直撲天保城，猛戰七晝夜，身先士卒，冒矢石以登，克之，眾推為南京都督，辭不就。政府稽功，授陸軍中將，加上將銜。唐名紹儀，廣東香山人。留學美國，精英語，任朝鮮稅務委員，結交袁世凱，世凱屢援引之，以縣丞累保至道員，授津海關道，旋開缺，晉授三品京堂。議《英藏條約》，差竣，授郵傳部右侍郎，出任奉天巡撫。以事使華盛頓，還朝，奉撫已另簡人，得以侍郎候補，未幾，代徐世昌為郵傳部尚書。辛亥軍興，袁項城薦之為議和全權代表，挈隨員數十人至滬，南方議和領袖則伍廷芳，主張推翻清室，改建共和，紹儀固醉心西方法制，深表同情，遂交換條件，迫清帝遜位，建中華民國共和政府，舉袁世凱為臨時大總統。袁既就職，授紹儀為國務總理，以借外資事為國會質問，憤而辭職，有謂是乃袁項城所嗾，紹儀銜之刺骨，反好為仇。癸丑之役、丙辰之役，紹儀以表示反對皆與謀。黃陂正位，任為外交總長，以軍人反對，未能之官。伍見前。段名祺瑞，安徽合肥人。北洋武備學校畢業，軍事學問冠同儕，袁項城練兵小站，任為教練處總辦，歷官統制，擢加侍郎銜，署江北提督。辛亥授第二軍軍統兼湖廣總督，聯合諸將領電逼清帝宣統遜位。共和成立，任陸軍總長，授陸軍上將。政府設將軍府，授建威上將軍，管理府事。一出督鄂，再出督汴，為日皆甚暫。項城僭位，反對最烈，乞病退。及總統制取消，恢復國務院，起為國務總理兼陸軍總長，自是旅進旅退。汪見前。

趙煙客為內務部長時，京師兵變，全城鼎沸，各區巡警將列隊出而彈壓，趙止之，令所有崗位一律退去。或詫問其故，趙曰：「巡警非能與兵戰，戰則徒令送死，勢窮且從而附和之，其禍更烈。俟天曉，此輩必棄械竄散，爾時擒之易矣。」及明，果如臆度。

趙見前。

李秀山馭軍嚴肅，所向秋毫無犯。一弁市布匹，給值不如數，肆主力爭之，弁怒，拳擊傷其額，適為巡查所見，訴諸李，立置諸法，以頭示眾曰：「有犯者亦如此頭顱。」諸卒戰慄，至不敢仰視。

李名純，直隸天津人。北洋武備學校高材生，馮國璋為小站練兵總辦，授之為營官，三遷統領，擢新軍協統，晉第六鎮統制。入民國，授陸軍中將，充第六師師長。二年，授江西護軍使，未幾，擢江西都督，晉上將。三年，改授昌武將軍，督理江西軍務。五年，改稱督軍。六年，移督江蘇。九年，授英威上將軍、蘇皖贛巡閱使，令下甫旬日以手槍自斃，遺書殷殷以國事為念，識者哀之。

馬雲亭護軍寧夏，聏調漢回，斃強蘇軟，勼商賈還之肆，出帑金二十萬散旗為民，輸器極械，勖以恒業。軍民大和，皆曰「馬公活我」。

馬名福祥，甘肅固源人。起家武舉，歷官至阿勒泰總兵。入民國，為寧夏護軍使，授陸軍中將，加上將銜。

閻百川治軍山右，兼管民政，修武備，講吏事，興教育，拓實業，革陋俗，三晉治績冠絕海內。閻名錫山，山西五臺人。日本士官學校畢業生，歷任陸軍軍官。辛亥之役，被舉為山西都督，旋政府授為同武將軍，督理山西軍務，改任督軍兼省長。

許雋人巡按八閩，勵精圖治，築馬路，闢公園，設勸業會，編書報，提倡銀行公司諸事業，凡有益民生者幾靡不樂為之。嘗出巡諸邑，為文以紀之曰《閩海巡記》，一時三山耆宿交稱曰：「雋人不愧為目下之良吏。」許名世英，安徽秋浦人。拔貢，朝考一等，官刑部七品小京官，擢主事，赴日本習法政。徐世昌督遼東，薦為奉天高等審判廳廳丞，旋授山西提法使。民國元年，為司法總長。二年，授奉天民政長。四年，授福建巡按使。五年，任內務總長，移交通總長。

王志襄任山東高密縣知事，孫純齋任直隸定縣知事，厲行新政，條理井然，王治績尤著，一時有兩模範縣之稱。袁項城嘗舉以詰令全國，謂凡為牧令者應以王為鑒，遂破格擢為京兆尹獎其勳勞。袁歿，黎黃陂繼位，孫入覲，黎曰：「子尚屈任百里耶？」立下令授山東省長，欣然曰：「子治定縣稱模範縣，願子治魯省亦稱模範省。」

王名達，安徽涇縣人。以知縣官直隸。入民國，為山東高密縣知事。袁項城嘉其政績優良，超擢為京兆尹。孫名發緒，安徽桐城人。隨黎黃陂治軍湖北，以有功共和授勳五位，充漢口電報局局長。卸職後，願屈志百里，求黃陂書介紹於直隸省長朱家寶，朱一見歡若生平，委權定縣，旋真除。黃陂為總統，超擢山東省長，移山西省長。

莊思緘為審計院長，有某官偽造單據，浮報用途，審查鉤稽盡得其破綻，莊諮國務院懲治之。院以其人已辭官，可置弗議，莊堅欲獲其人，依法審辦而後已。院不理，乃入告總統，雖格不能行而聞者肅然。

莊名蘊寬，江蘇武進人。以道員指分廣西，授太平思順道，旋開缺，充防軍統領。入民國，元年為江蘇都督。三年，任都肅政史。四年，任審計院院長。

卷三

文學

王壬甫文名滿天下，一時俊彥之好學者咸折節下之。為文導原莊、賈，駢麗追步顏、庾，詩歌逼近韓、杜，沉著閒雅中露英爽之氣。

王名闓運，湖南湘潭人，舉人。嘗館於肅順、崇恩所，參曾國藩戎幕，落落無所合，出其所學以授門徒，歷長成都尊經書院、長沙校經書院、衡州船山書院。夏時撫贛，闢長幕僚，兼大學校總教習。宣統間，湘撫岑春煊以所著諸書奏聞，得旨賜翰林院檢討，晉侍讀。入民國，任國史館館長。著《湘綺樓全集》、《湘軍志》、《論語箋》、《尚書箋》、《禮記箋》、《春秋公羊箋》等書。

樊樊山才思敏捷，下筆千言。其師張之洞七十誕辰，樊盡一日夜之力撰駢文二千餘言壽之，有句曰「不嘉其謀事之智而責其成事之遲，不諒其生財之難而責其用財之易」，張閱至此段，掀髯笑曰：「二百年來無此作。」

樊見前。

梁節庵與吳補松至相契，尺箋通問不絕，梁曰：「雪屋孤臣，此心千里。何日良晤，重與論文。」

梁、吳俱見前。

柯鳳孫淹賅蒙古事蹟，指陳得失，洞中肯綮，重撰《元史》二百五十七卷，自謂不遺一事、不妄一言。

柯見前。

王益吾博通群籍，著述自娛，法阮元編《續清經解》，仿姚鼐輯《續古文辭類纂》，王湘綺過其廬，並取而讀之，曰：「《經解》雖不能抗行芸臺，《類纂》或足以比肩惜抱。」王大樂。

王名先謙，湖南長沙人，翰林。授編修，歷官國子監祭酒，督江蘇學政，晉內閣學士。王見前。

繆筱山博通群籍，貫徹源流，金石、目錄之學冠絕海內。

繆名荃孫，江蘇江陰人，翰林。授編修，擢四品京堂，充學部圖書館館長。著有《藝風叢書》。

朱漚尹澹泊寡營，逍遙物外。工倚聲，其詞熔鑄藻采，沉麗俊邁，造端微茫而恰得其分際，自成一家之言。半塘老人謂為六百年來真得夢窗神髓者，其傾倒如此。

朱見前。

馬通伯、姚叔節皆淵雅淹博，論者謂馬追惜抱、姚法望溪。

馬名其昶，安徽桐城人，舉人。官學部主事，入民國為參政院參政，著述甚富。姚名永概，安徽桐城人，舉人。著有《慎宜軒詩文集》。

楊惺吾淹通宏博，善考證，精鑒別，尤擅輿地、金石、目錄，係海內外之望，巋然為東南大師。著書數百卷，晚成《水經注疏》一書，尤竭畢生之力，羅叔蘊推其糾正全氏、趙氏、戴氏之失，創獲真諦，當為千載上下絕業，聞者以為然，楊亦據以自憙。

楊名守敬，湖北宜都人，舉人。授黃崗縣教諭，調黃州府學教授。張文襄督湖廣，欽其賢，聘為兩湖書院及存古、勤成兩學堂教習、通志局編纂，舉經濟特科，選授霍山縣知縣，不赴，以內閣中書用。嘗隨駐日欽使黎庶昌至東京，值維新伊始，其國人唾棄舊學書，遂以賤價得之，連船滿載而歸，日人悟，引為恨事。厥後日人島田彥楨以十萬元購歸安陸氏皕宋樓藏書，價值數十萬金，作《皕宋樓藏書源流考》猶述其往事，以為此舉聊足報復。甲寅十一月卒，年七十六。著有《水經圖》、《水經注》、《楷法溯源》、《歷代地理沿革圖》、《隋書．地理志》、《禹貢本義》、《日本訪書志》、《續補寰宇訪碑錄》、《叢書舉要》、《留真譜》、《錢錄》，未刊者不可勝紀。羅名振玉，浙江上虞人，進士。授主事。工考據之學。

沈寐叟研精古學，究心佛典。為文恢麗瑰偉，題跋諸作言人所不能言，發人所未盡發，瞿子玖曰：「秀州文士，前有朱竹垞，後有沈子培。」

沈見前。瞿名鴻機，湖南長沙人，辛未翰林。授編修，出督河南、江蘇、浙江、四川學政，任廣西、福建鄉試正考官，由刑部左侍郎移外務部尚書，兼軍機大臣，晉協辦大學士。素與岑春煊相善，岑以鯁直揭奕劻等罪惡，為奕劻所惡，嗾御史彈劾之，罷去。入民國，授參政院參政，不起。

沈子惇創設法律學校於京師，育才逾千人，其有異者奬成倍切。教習學生有所質疑，為文以答，娓娓萬言，讀者嘆服。

沈見前。

馮夢華淹通經史，所為詩文宛潔峭麗，情藻兼盡。年臻耄耋猶好學，寒宵暑日咿唔弗輟。

馮名煦，江蘇金壇人，丙戌探花。授編修，簡授安徽鳳陽府知府，擢鳳潁六泗道，陟四川按察使，晉安徽布政使。巡撫恩銘被道員徐錫麟刺死，遂繼其任。入民國，政府命督辦江淮賑務，江蘇省長聘修江蘇省志，馮曰：「辦賑所以救災黎，修志所以保文獻，予皆不能辭也。」

曹君直學問淹博，文章爾雅，精於鑒別古籍，家藏宋元本書籍極多。四方名人時以善本請鑒定，君直考其源流，別其支派，爬梳剔抉，撰為題跋，每一篇出，士林爭傳鈔之。

曹名元忠，江蘇吳縣人。舉人，內閣中書。

陳伯潛博學多才藝，一時名聲滿宇內。被吏議，家居二十年，四方士大夫航海入閩者必造其廬，飲酒賦詩，流連不忍去。

陳名寶琛，福建閩縣人，戊辰翰林。授編修，歷官內閣學士，任江西學政。因事降調去，隱居二十年。再起授內閣學士，兼禮部侍郎銜，外簡山西巡撫，未之任，開缺以侍郎候補，充宣統師傅。著《強庵詩集》。

叔伊工詩，獨闢蹊徑，句多險刻，淹有眉山、象山之長。在都日，文酒之宴無虛夕，後進如梁眾異、朱芷青、黃秋岳皆入贄其門。

陳名衍，福建閩縣人，舉人。與鄭孝胥友善，鄭嘗薦於張之洞，遂入鄂督幕，旋補授學部主事，乃居京師，兼主講大學文科。入民國，任福建修志局總纂。著有《石遺室叢書》百卷。梁、朱俱見前。黃名濬，福建閩縣人。京師譯學館畢業，任財政部秘書，移僉事。

沈愛蒼有《左》癖，作詩文未有不撦撏及之者，以外則施注之《合注蘇詩》圈點數遍，動以自隨。古體詩才筆自喜，雖用蘇法亦不盡然，往往序長於詩，與《梧溪集》、《石初集》、《玉笥集》相彷彿。

沈名瑜慶，福建閩縣人，舉人，沈文肅之子。由道員累官至貴州巡撫，著有《濤園集》。按《梧溪集》係元末王逢著，《石初集》周霆震著，《玉笥集》張憲著。

鄭蘇戡以詩名於世，三十以前專攻五古，規撫大謝，浸淫柳州，洗煉東野，沉摯之思，廉悍之筆，一時殆無與抗爭。三十以後肆力七言，自謂為吳融、韓偓、唐彥謙、梅聖俞、王荊公，而多與荊公相近。

鄭名孝胥，福建閩縣人，壬午舉人。以知縣佐張文襄幕，累保至道員，擢四品京堂，充廣西邊防督辦，旋授廣東按察使，未之官，擢湖南布政使。國變後，鬻書海上，歲入數千金。著《海藏樓詩集》等書。

林畏廬工古文辭，沉酣班、韓者三十年，所作兼有柏梘、梓湖之長，陳石遺謂其於陰柔一道下過苦功。

林、陳俱見前。

陳伯嚴詩學宋人，熔鑄萬有，氣象雄渾，意境沉著，有黃河奔流千里一曲之概。

陳名三立，江西義寧人。以進士官吏部主事，戊戌政變，其父寶箴方撫湘，並革職，永不敘用。家於金陵，日與端方之流評品書畫，端將具疏復其官，陳聞而堅辭，高潔匪人可及矣。

張嗇庵淵懿簡素，有曠世之度，以文章書法名於世。論者謂其書神似劉石庵，詩亦雄放俊峭，肖其為人。

張見前。

桂伯華沉酣內典，妙悟三乘，貞志泊如，不婚不官。久居扶桑，研求梵文精義以拯國，敦誠篤摯，先天下之憂而憂。

桂名念祖，江西九江人，著有《佛學教科書》。其詩能得意忘言，和友一律云：「詩心淡後無奇句，世事談多有淚痕。與子細尋無味味，共余相喻不言言。當來彌勒終生世，過去巫咸尚理冤。

試把十方三際看，鐵渾倫亦不須吞。」

曾重伯生有異稟，博覽群籍，於世界各宗教學派莫不精研貫徹，有時託之吟詠，微言妙諦回出人表。

曾名廣鈞，湖南湘鄉人。由翰林出守廣西，著有《觚庵詩存》。

湯蟄仙工駢散文，在青陽縣任，條陳整頓兩淮鹺務，娓娓數萬言，無不盡之懷。上閱竟動容，詔授兩淮鹽運使，湯堅辭，陳伯嚴以詩寄之曰：「飛書萬行淚，卻聘五湖船。」

湯、陳俱見前。

胡子方自號「詩廬」，詩以外無他嗜好，日把其新舊詩稿如束笋，詣所知數里外商量不倦。嘗為人嬲使觀劇，自午至酉，萬聲闐咽中攢眉搜腸，成五言古一篇。

胡名朝梁，江西鉛山人，官主事。

楊杏城與樊樊山交甚摯，嘗問樊曰：「余詩於古人奚似？」樊曰：「自具一種綽約之態，殊肖玉溪。此意外人那得知，則亦以為似某某也。」

楊、樊俱見前。

狄平子工詩，有句云：「晨昏大生死，萍絮小滄桑。」桂伯華嘗嗜誦之，謂得禪中味。

狄、桂俱見前。

廖秀平為文古樸，所著《公羊論》與其師王湘綺《公羊箋》陳義多不侔，湘綺對季平曰：「睹君此作，吾愧弗如。」

廖名平，四川井研人，進士。以知縣即用，自謂才不勝百里，請改教諭，選授綏定府教授，嘗分校廣雅、尊經書院。著有《公羊論》、《穀梁義疏》、《周禮考》、《論語徵》等書。

秦晦鳴以所著駢文一冊示陳衍，陳曰：「可方石笥山房。」秦曰：「詎止此耶？」陳曰：「唐四傑何如？」

秦見前。

易中實少負奇才，得名最早，八歲能詩文，十五通群書。張之洞開府武昌，延入幕。一日，會於黃鶴樓，至者有梁鼎芬、鄭孝胥、黃紹基、陳衍諸人，易年最少，援筆賦詩，須臾而成，遍視四座，諸客撟舌不下。

易見前。

劉申叔為文百篇以視王闓運，王曰：「非但為人所不能闡發，即索解人亦正不易得。」申叔狂喜。

劉見前。

宋芸子作《泰西采風記》成，以示張文達，文達曰：「不獨文字詳贍，更見歐美諸巨邦之政跡民俗。」一時紙貴洛陽。

宋名育仁，四川富順人，戊戌翰林。授檢討，充廣西鄉試副考官。無錫薛福成奉命使英，奏調為參贊，返國後朝貴交薦其賢。無所成就，乃主講成都尊經書院。湖北巡撫譚繼洵疏薦其才堪出使，方抵京師，適政變禍作，遂以道員改官鄂省，未二月即充宜昌釐稅總辦。夏時撫贛，以王湘綺之薦，夏乃調之贛充銅元局總辦，嗣以郵傳部尚書張百熙疏薦，以參議記名簡用。入民國，湘綺總裁國史館，任為纂修。育仁著論主張復辟，與論駭異。

章太炎學術文章海內稱最，針砭政治之文深切峻厲，讀者拍案叫絕。

章見前。

王書衡文若孫淵如，詩似蔣苕生，清言雅韻，蜚聲一時。

王名式通，山西汾陽人，戊戌翰林。歷官至大理院民科推丞。民國三年，授政事堂機要局局長。五年，補國務院參議。六年，任水利局副總裁。

孫師鄭工駢體文，典麗綺藻中有簡靜肅穆之氣，論者謂合洪稚存、袁簡齋為一手。

孫名雄，江蘇常熟人，進士。吏部主事，師其鄉翁文恭，嘗為北京大學文科教習。著有詩文集，並纂輯近賢詩二百家。

沈寐叟、陳石遺言詩，沈曰：「余夙喜山谷。」陳曰：「君愛艱深、薄平易，則山谷不如宛陵。」沈乃向陳借宛陵詩亟讀之，陳並舉殘本為贈。

沈、陳俱見前。

鄭太夷、稚辛兄弟都工詩，太夷精悍，稚辛婉約。

鄭見前。鄭名孝檉，舉人。江蘇知縣，入民國為安徽政務廳長。

楊昀谷官白下，塊然獨處如苦行僧，終歲苦吟，有作必以視陳衍、趙熙。

楊名增犖，江西新建人。由主事改官知府，分四川。民國三年，任參政院秘書。六年，任司法部秘書。

饒石頑博綜廣聞，歌詠弗輟，能以少許勝人多許。嘗為《頤和園辭》以誌哀，極似元微之《建昌宮詞》。

饒名智元，湖南長沙人，舉人。官京曹，旋以道員需次陝西。端方督兩江，奏派為歐洲留學生監督。民國三年上書政府，有散兵屯田之請，遭時疑忌，竟罹隕身之禍，聞者冤之。著有《湘湶館詩》，未梓行，已梓者有《十國雜事詩》、《全明宮詞》二種。

易寅村究心學問，結廬白沙泉畔，閉戶讀書。精校刊之學，校定經典五十種。少肄業兩湖書院，著論糾正王氏《公羊箋》之誤，楊惺吾奇賞之，有「大著捶碎湘綺樓」語。

易名培基，湖南長沙人。著有《清史例目糾誤》，訂正繆筱山之失，頗多是處，其文載《甲寅》雜誌。楊見前。

陳石遺久居都門，相從為詩者數十人，陳曰：「討論之契無如趙堯生、陳仁先，進學之猛無如羅掞東、梁眾異、黃秋岳。」

陳見前。趙名熙，四川榮縣人，翰林。官御史，以直諫罷去，自此不復出。陳名曾壽，湖北蘄水人，癸卯進士。官學部員外郎。梁見前。羅名惇曧，廣東順德人。郵傳部郎中，嘗為北京大學堂教習。黃見前。

黃任之嘗漫遊國內外考察教育，為記累百萬言，薄直隸教育廳長而不為，或問曰：「君素熱心教育，一旦作官，遇事當無阻，奈何棄之？」黃曰：「官受制，駑駘不克勝任，不如以平民傳教育」。

黃名炎培，江蘇川沙人，舉人。久任江蘇教育會正副會長。民國初元，任江蘇教育司長，旋為江蘇省議員。組織職業學校於上海，提倡實用教育，頗著成效。

康南海作《不忍》雜誌，文氣浩瀚，詞旨悲壯，唐士行嘗手一篇，曰：「斯真老成金玉之言。」

康見前。唐名瑞銅，貴州息烽人，為故雲南巡撫唐炯之孫，壬寅進士。授度支部員外郎，擢加四品卿銜，充河南財政正監理官。入民國，任中國銀行總辦，旋被舉為眾議院議員。國會解散後，充重慶中國銀行行長。梁啟超長財政部，調為參事，外任吉林財政廳廳長。

梁任公閎覽博聞，於書無所不通，文才縱橫，有過人之識，無不盡之言。

梁見前。

黃季剛少承父學，讀書多神悟，尤善音韻，文辭澹雅。章太炎曰：「季剛清通練要之學，幼眇安雅之辭，並世難得其比。」

黃見前。

嚴又陵貫通中外，所譯《天演論》、《原富》、《名學》諸書文筆雅馴，罕有其匹。

嚴名復，福建閩縣人。留歐海軍大學畢業，歷充福州船政學校、煙臺海軍學校教習，以道員指分直隸，政府以其湛深文學，授為文科進士，充北京大學教習。載洵奉命赴歐美考察海軍，以復為海軍宿學，欲挈之偕行，復以病辭。民國授海軍少將，任參政院參政。楊度發起籌安會，復亦列名，世稱「籌安六君子」，復其一也。譯著《群學肄言》、《群己權界論》、《社會通詮》、孟德斯鳩《法意》、《政治講義》諸書。

章一山學宗實齋，嘗對人曰：「予讀書四十年，方知名節足以保身。」

章名梫，浙江寧海人，甲辰進士。授翰林院檢討。其姻家朱啟鈐為項城所寵信，權傾一時，屢薦其賢，項城三徵之，不起。

鄭叔問偃蹇江海，僑寄吳門，嘗以詩易得滇鶴，翅足碩異。一日，王湘綺顧訪，謂有太白巢大匡、養奇禽之風，為題「大鶴」榜所居，因自號「大鶴仙人」。

鄭名文焯，廣東南漢人，舉人。官內閣中書，著《詞源斠律》、《冷紅比竹餘音》諸集。王見前。

李審言博學工詞翰，平生楷模汪中，嘗曰：「容甫比於孝標固已不逮，余於容甫又愈下焉。」

李名詳，江蘇與化人，著有詩文集。

吳絅齋隱居珂鄉，閉戶著述。成《晉書斠注》十二卷，旁搜博考，為例凡十，一曰溯源，二曰捃逸，三曰辨例，四曰正誤，五曰削繁，六曰考異，七曰表微，八曰補闕，九曰廣證，十曰存疑。自言不敢謂乙部之功臣，或竊附唐人之諍友。

吳名士鑑，浙江杭縣人。壬辰以一甲第二名授翰林院編修，遷侍讀，南書房行走，外督江西學政。著有《清宮詞》，一時傳誦。

陳子言與俞恪士為文字骨肉，屏絕世務，冥心孤往，一意苦吟，人稱為今之賈閬仙、李才江。

陳名詩，安徽廬江人。俞見前。

夏劍丞克嗣家學，工詩詞，詩格規撫孟郊，詞則奄有清真、夢窗之長。論者謂文廷式而後，劍丞可據西江一席矣。

夏名敬觀，江西新建人，甲午舉人。以知府指分江蘇，居蘇撫陳啟泰幕，充復旦公學、中國公學監督，權江蘇提學使。入民國，為工商部秘書，浙江教育廳長。著有《吷庵詞》。

徐仲可品節高尚，不求聞達，工填詞，成《純飛館詞》，況夔生讀之，曰：「秀不在句而在骨，密不在字而在意。世人以枯淡之筆自命白石，以飣餖之辭自命夢窗者，知此可以返矣。」

徐名珂，浙江杭縣人，舉人。袁項城練兵小站，參與戎幕，鬱鬱不得志而去，老而傭筆於海上。並其女新華所為文彙印《天蘇閣叢刊》一集，嘗曰：「婦女之天足較弓足為美。」因博稽載籍，參證見聞，著《天足考略》。且為《天蘇閣娱晚圖》以示吳縣湯寶榮，湯撰文以張之。一子，名新六，留學英法，歸國應試，列超等第一，授財政部僉事。況見前。

勞勞山曰：「沈子培文淵雅，子封文蕪雜。」

勞見前。子培見前。子封名曾桐，浙江嘉興人。翰林院編修，外簡廣西提學使，移雲南提法使，未之官，乞病退。

傅沅叔敏而好學，日走書肆搜索古籍，不吝巨金以購之，晝夜披閱，必終卷乃止。

傅名增湘，四川江安人，翰林。授編修，任貴州學政，繼改官道員，充直隸學務局總辦。袁項城督北洋，器其才，派往日本考察學務，差竣還國，授直隸提學使。入民國，任肅政史，旋任教育總長。

蔣竹莊嗜山水，遍遊海內諸名勝，每遊輒有記，傅薑庵見之曰：「此記描寫都盡，令人讀之彷彿親歷其境。」

蔣名維喬，江蘇武進人。久任商務印書館編輯，成績斐然。民國元年，任教育部司長，逾年辭職，旋復任教育部參事。傅見前。

王靜庵淹貫經史，文采斐然，小詞單文令人眉飛色舞。

王名國維，浙江海寧人。以諸生遊學日本，通英日兩國文言，善音韻。著《宋元戲曲史》、《靜庵文集》。

章行嚴、丁佛言都善作政論，或問湯濟武二人優劣，湯曰：「重事實、談法理，其旨無大異而眼光不同。」

章名士釗，湖南長沙人。學於日、英兩國，嘗為《吳報》主筆，幾被逮。自倫敦歸國未久，適國變，任《民立報》主筆，放言高論，大博社會之信。旋與江都王先生組織《獨立週報》，專論法理，尤為學者所稱許。浙督朱瑞震其名，薦為教育司長，辭不赴，已而被任為北京大學校校長，因阻力亦未克就職。丙辰之役，岑春煊攝西南軍務院撫軍長，任為秘書長。大局統一，遞補參議院議員。丁名世嶧，山東黃縣人。留學日本，歸國充山東諮議局議員。入民國，被舉為參議院議員。進步黨設《中華》雜誌，被推為總編輯。黃陂正總統位，任為公府秘書長。湯名化龍，湖北蘄水人，辛丑進士。官法部主事，留學日本習法政，歸國適湖北諮議局成立，被舉為議長。辛亥武漢軍興，眾推為政事部長，未幾乞退，聯合各省諮議局議長議員組織共和建設討論會於上海，附之者如直隸之孫洪伊、山西之梁善濟、福建之劉崇佑、林長民、江西之謝遠涵、浙江之陳黻宸等，皆諮議局中人也。逾年改組民主黨，時已由臨參副議長被舉為眾議院議長，以人少勢弱，遂與統一、共和兩黨合併改稱曰進步黨，舉黎黃陂為理事長而與梁啟超、張謇等同為理事。項城利用之，以與國民黨相抗。癸丑國會解散，被命為教育總長。丙辰國會恢復，仍任議長。丁巳復辟亂平，以贊助段祺瑞討亂功得任內務總長。下野後遠遊歐美，方偕鄉人自酒樓出，突被人狙擊斃命。

汪孝農固文士，以事憤而為優伶。樊雲門愛其歌，嘗召之至，歌畢，樊曰：「能詩鐘不？」汪曰：「素樂為之，但不工耳。」樊曰：「八股東三省分詠格，姑試為之。」汪略一沉吟，書曰：「能使英雄皆入彀，可憐帝子已無家。」樊大賞之，曰：「佳作、佳作！」

汪名僢，安徽人。初以明經膺鄉選，大挑用知縣，因事褫職。汪本風流文學士，夙善歌，至是喪資失官，無所俚，遂伍伶人，登場作傀儡。其所至奏藝處，殆無不傾座歡迎者，其擅長劇曰《黨人碑》、《哭祖廟》、《馬前潑水》，《黨人碑》乃自編，尤有聲有色。樊見前。

己酉柳亞子創南社於滬，以研究文學為宗旨，寧太一、高吹萬、高天梅、陳巢南、龐檗子、諸貞壯、汪精衛、黃晦聞、陳漢元、景太昭、邵次公、宋漁父、李印泉、張蔚西、姚鵷雛、汪蘭皋、程韻蓀諸人相繼入社，所作文辭詩歌激昂慷慨，刊成巨帙，讀者豔稱。

柳名棄疾，江蘇吳江人。伶人馮春航年少色豔，善演《血淚碑》，柳溺之，為刻《春航集》。

寧名調元，湖南醴陵人。以實行革命久錮長沙獄，既脫，走北京，任《帝國日報》主筆。共和後，參湘督譚延闓戎幕，遇害於武昌。高名爕，江蘇松江人。高名旭，江蘇松江人。陳名去病，江蘇吳江人。龐名樹柏，江蘇常熟人。諸名宗元，浙江紹興人，舉人。汪見前。黃名節，廣東順德人。陳名家鼎，湖南寧鄉人。居日本時與宋教仁並有聲於同盟會，屢次遇險而不死，洎民國成立，任眾議院議員。景名耀月，山西人，任眾議院議員。邵名瑞彭，浙江淳安人，眾議院議員。宋見前。李名根源，雲南騰越人。日本士官學校畢業生，歷官統帶。入民國，為雲南第一師師長，辭職，就眾議院議員。丙辰之役，西南諸省組軍務院於肇慶，被推為副都參謀，以岑春煊薦任陝西省長。張見前。姚名錫鈞，江蘇松江人。學於北京大學，師事林紓，頗能為小說家言，著《燕蹴箏弦錄》等篇。汪名文溥，江蘇武進人。程名家檉，安徽人。

方正

韓王欲得袁項城治師旅，親造吳長慶將軍營求借之，拜為上將，非得請不去。袁在外聞之，遺書吳曰：「某幼讀父書，粗知大義。委贄事君，只知其一。韓為藩屬，分茅立國，某頭可斷，陪臣必不可為。」吳席前啟視，據以謝王。

袁見前。

宓丹階為山西徐溝縣知縣，兩宮西狩，岑雲階為前導，以事厲聲叱責之，宓恚曰：「公挾萬乘之威，凌侮卑官，吾果失政，吾官可罷，吾頭可斷，惡聲吾弗承也。」岑默然。

宓名昌墀，湖北夏口人。以進士授山西徐溝縣知縣，調署平定州知州。岑見前。

楊味春官御史，巡視西城，貝勒某方裸溺於塗，楊叱曰：「何物狂奴，敢如是惡作劇耶？」呼從弁笞之，弁素識貝勒，逡巡未敢下手，遂以實陳，楊佯曰：「天潢貴胄，寧不知此有干法紀耶？必冒名避禍者，當倍撻之。」弁乃置貝勒於地，笞而後釋焉。

楊見前。

王湘綺性強直，人靡不憚之，群相語曰：「見湘綺畏其嚴責人，既歿又思之弗止。」

王見前。

俞廙軒藏金石書畫至夥，客不時過從，上下議論，日久而苦之。或問故，俞曰：「若輩借此通賄賂，求聞達，巧取豪奪，恬不為怪。近之必被害，當思所以遠之之法。」

俞名廉三，浙江紹興人。由佐貳歷官至湖南巡撫，移山西巡撫，未之官，授倉場侍郎。

錫清弼守正不阿，廉介自持，為疆吏十餘年，未嘗饋賂權要。子孟博，頗有父風。

錫名良，蒙古人，甲戌進士。以知縣分發山西巡撫張之洞薦諸朝，授知府，擢山東曹兗沂道，三遷為山西巡撫，晉河道總督，裁缺授河南巡撫，移熱河都統，擢四川總督，歷任雲貴及東三省總督。入民國，授參政院參政，不就。其子孟博，名斌循。直隸道員，與張錫鑾、許世英交彌篤，張、許先後任奉天省長，屢勸其出山，孟博誓死不從。

柯遜庵巡撫廣西時，總督兩粵者岑春煊以剿匪駐節桂林，聚優孟歌舞累月不息，柯惡之，驅諸伶出境。岑怒，遣人詰其故，柯正色曰：「雲階躬膺兼圻，治匪不遑，奈何沉酣歌舞中？子為我善達。若以此舉為不當，則巡撫固可聽劾也。」

柯名逢時，湖北武昌人，翰林。授編修，外督陝西學政，還朝授雲南迤南道，擢兩淮鹽運使，權江寧布政使，晉江西巡撫，移廣西，開缺，以侍郎候補，充督辦膏捐大臣。有人涎是差腴美，謀於奕劻，奕劻遂力薦之為浙江巡撫，旨下，柯固辭不准，仍令兼膏捐原差，命速之官，柯仍辭，即改任馮汝騤。癸丑，卒於家。

周孝懷監督廣東武備學校，純以軍法部勒，全校肅然，鐙時以往，出入有禁。總辦李觀峰營金屋於外，夜深必啟鐍私歸，周夙審之，一夕俟之暗陬，李出尾其後，疾聲曰：「總辦逃矣。」李悚然歸室，噤莫能語。

周名善培，浙江紹興人，副榜。留日習法政，岑春煊督粵任為高等巡警學校總教習，擢武備學校監督，積勞保道員。錫良督蜀，調之往，趙爾巽尤盛稱其才，授四川勸業道，權提法使。入民國，授川東道尹，不起。主筆北京《亞細亞報》，為文娓娓動聽。李名湛陽，四川華陽人。以道員指分廣東，歷任要差。入民國，為參政院參政。

那琴軒母壽，召三弦名手王正如彈風流焰口，王曰：「此不祥之詞，奈何壽太夫人乎？」那瞿然曰：「微子言，吾念不及此。」王出謂人曰：「那中堂不孝人也，母壽而樂聞不祥之聲。」自是雖召不復往。

那名桐，滿洲人，進士。授主事，累官兵部侍部，擢外務部尚書，歷任協辦大學士，陟東閣大學士，軍機大臣，內閣協理大臣。王名玉峰，京兆人，詳見「巧藝」門。

長壽伯篤守禮法，一子，教之嚴，每閱書必令侍立於旁，有欣賞處令手錄，有析疑處輒指示。偶有僚屬饋公子玉帶者，壽伯見其束帶，曰：「此何來？解以俾我。」立捶碎之，怒斥之曰：「爾父為官數十年未嘗有此，爾奈何束之？」

長名庚，滿洲人。以道員累官至西藏大臣，調伊犁將軍，陟陝甘總督。

陶拙存性行敦樸，居恒端坐一室，鎮日讀書無怠容。聲色貨利徵逐遊觀之樂去之若浼，布衣蔬食，怡然自得。

陶名葆廉，浙江嘉興人。以蔭生為兵部員外郎，擢郎中。兵部改陸軍部，權參議。

趙彥復官刑曹，勘獄必盡心，不以權貴之囑託而曲法以出入人。既又上萬言書言時事朝政，多他人所諱言者，大僚抑不達，遂辭官歸，不肯默以求容。

吳名葆初，安徽盧江人，舉人。官刑部主事。

宣統遜位，張安圃甚哀感，涕泗滿襟。及項城僭號，幾失聲而哭，朱經田勸止之，張曰：「公為民國疆吏，余乃清室故官，喜憂不同，啼笑自異。」朱大窘。

張名人駿，直隸豐潤人，戊辰翰林。授編修，外任四川鄉試正考官，還朝補監察御史，大計卓異，記名以道府簡用，放陝西陝安道，陟按察使，擢山西布政使，再擢河南巡撫，三擢兩廣總督，移兩江總督兼南洋大臣。受事後，大反端方所為，曰：「午橋鶩虛名不重實際，耗國帑無裨政事，吾不敢踵其後而行之也。」朱名家寶，雲南寧縣人，壬辰翰林。散館選直隸知縣，晉知府，歷天津保定府知府，陟清河道，未之官，遷按察使。東三省新官制實行，破格超擢為吉林巡撫，蓋直督袁世凱疏薦其才堪任疆圻也。未幾，移安徽巡撫。辛亥棄城，遁之京師，授倉場侍郎。共和政府統一，被舉為參議院議員。二年冬，直隸都督趙秉鈞暴卒，項城令繼其任，已而授巡按使，加將軍銜，兼督理直隸軍務。黃陂正位，以直隸督軍任曹錕，以家寶專任省長。丁巳與謀復辟，敗退。

蔣竹莊官教育部參事，一日，以公事請示堂官，堂官曰：「是不可行。」蔣力爭，堂官曰：「吾不欲行便不行。」蔣怫然曰：「獨不容參事參一議耶？」遂辭官南歸。

蔣見前。

楊泗州為政事堂左丞，集朝官為文酒之會，客有求薦為肅政史者，楊正色曰：「今夕只可談風月，豈應及官事？」客慚退。

楊見前。

吳仲怡息影津門，袁總統遣使徵之，吳閉戶不納。使者復至，始延入，不俟其啟齒，率爾曰：「吾年逾七十，旦夕且死，寧有心依戀利祿耶？」使者返報，袁默然久之。

吳名重熹，山東海豐人，舉人。由部曹外簡河南陳州府知府，移彰德府知府，內擢參丞，晉侍郎，復外簡江西巡撫，調河南巡撫。

帝制議興，群將靡不勸進，獨上海鎮守使鄭子進未置可否，項城憂之，遣陸軍中將萬宗石假南下犒師名諷示於鄭，鄭曰：「僉壬鼓簧謬論，置項城於危地，朝官中不乏賢哲，奈何無一人建一言者？」萬唯唯。

鄭名汝成，直隸靜海人。畢業英國海軍學校，返國後供職海軍部，歷官至司長，以副將盡先補用，加總兵銜。入民國，任總統府侍從武官，外簡上海鎮守使，晉授彰威將軍，仍管使事。某日，赴日領事館祝日皇壽誕，中途為人槍擊而死。萬名德尊，湖北潛江人。日本士官學校畢業，累官陸軍中將、將軍府參軍。

李培之太夫人八十初度，將大舉稱觴，其屬下璩公節力尼之，不從。群僚連銜獻珍寶，璩不與，以示決絕，李恚而詰之，璩艴然曰：「合則留，不合則去。」遂掛冠歸。

李名厚基，江蘇銅山人。初以營允隸李文忠部下，旋入北洋武備學校，既卒業，歷官至統領。入民國，由團長擢師長，授福建護軍使，晉健武將軍，督理福建軍務，改督軍，兼省長。璩名珩，安徽桐城人，舉人。授湖北荊州府通判，民國任福建政務廳長，兼督軍公署秘書長。

王聘卿抱恙，袁雲臺往視之，趨前下拜，王略一舉手，雲臺不樂，因問曰：「吾非公屬吏，奈何回禮勿周？」王曰：「余為尊公友，論行輩可答可不答，君雖高貴，於余無與？余不能失序以取媚。」

王名士珍，直隸正定人。北洋武備學校畢業生，由營官累任至統制，加副都統銜，擢江北提督。丁艱乞退，雷震春代之。辛亥，項城領袖內閣，力薦為陸軍大臣。國體更易，退歸鄉里。三年，起為陸軍總長。黃陂為總統，移參謀總長。復辟亂作，被嫌辭職。馮國璋代位，以和戰問題罷段祺瑞國務總理，任士珍繼之，復乞退。袁名克定，河南項城人，世凱長子也。由農工商部右參議，歷階右丞。辛亥革命軍起，力勸其父倒清室建民國。迨項城為總統，復慫恿乃父稱皇帝。在京日賓客如雲，皆自命贊成君主擁戴項城者。

段合肥雅愛徐又錚，雷朝彥曰：「又錚不宜畀以重任。」段曰：「此人有才，不應棄之。」雷曰：「有才而不軌於正。」合肥為之色變。

段見前。雷名震春，安徽合肥人。直隸道員，以幹練見稱於袁項城，薦授通永鎮總兵，擢江北提督。其時載濤方管軍諮府，勢煊赫，以千金為饁，濤怒其微薄，疏劾之革職。項城為總統，授陸軍中將，繼陸建章為軍政執法處長，授震威將軍，加上將銜。丁巳復辟，以與謀入囹圄，旋赦免，鬱鬱以死。徐名樹錚，江蘇銅山人。少敏慧，博通經史。畢業日本士官學校，段祺瑞提督江北，充籌備科科長，繼隨段為兩湖總督秘書長。共和統一，政府成立，段任陸軍總長，即薦樹錚為次長。因案免職，再起任原官。丙辰，段組內閣，薦為國務院秘書長，又因事免職，仍起為陸軍總長。八年，政府特設西北籌邊使位置之。工古文詞，詩亦雄壯似其人。

丁劭庸令廣昌，弊絕風清，全境肅然。去任之日，箱篋累累，旁觀者頗致疑，乃於箱隙探視，始知即在廣昌購得之隋開皇后、金大定碑及書卷十餘箱，餘無長物。

丁名綸恩，貴州織金人。以知縣指分直隸，歷任廣昌、井陘等縣知縣。入民國，為雄縣等縣知事，晉簡任職。

倪洪璇為人溫厚，其子佩芳任推事時，有故人以某案未決，入私第出巨金求賄脫，佩芳嚴拒之，欲繫諸囹固，洪璇聞之曰：「處己固應方正，待人亦宜寬厚，縱之可已。」其人慚感去。

倪名政恒，浙江吳興人。佩芳名人瑞。畢業浙江法政學校，歷任法曹，以知事分湖南。

雅量

鄭蘇戡有詩稿一卷為陳石遺所塗竄，客竊以獻諸鄭。鄭鄙之，告陳，陳曰：「公乃牛奇章，吾則劉夢得。」

鄭、陳俱見前。按，唐牛奇章文字嘗被劉夢得竄點殆盡，厥後二人相見，親好如故相識，陳之比喻蓋甚當也。

于晦若溫和謹厚，與人異趣，久為卿貳而草冠布衣，挾詩書數冊日走什剎海、陶然亭諸名勝，埋頭吟誦，見者不知其為朝貴也。

于名式枚，廣西賀縣人，庚辰翰林。授編修，督廣東學政。工駢體，箋奏尤委曲婉妙。李合肥督直，任幕僚領袖，凡重要公牘靡不出其手，以勞晉四品京堂。出使歐美考察政治，還國授吏部右侍郎。入民國，授參政院參政，未之官，旋卒。

陳筱圃膺貴州提學，經蜀入黔，沿途多山險。黃昏經某驛，有虎怒吼，山谷震動，從者數人皆戰慄，僵立不能行，陳笑曰：「虎固善噬人，未必噬爾我。」態度安閒，群服其膽量。

陳名榮昌，雲南思明人，癸未進士。授編修，督貴州學政，愛才獎善，士樂歸之，臨行士有牽其袂不忍去者。政府知其與黔人有深感，因任為提學使，丁艱開缺，再起為山東提學使。

趙次珊按察皖江，某令新指省，循例進謁，趙見其年少麗都，以為是紈袴子，乃將所遞手版略一展開即置之，曰：「青年多手采，奈何欲作此小官？青燈黃卷，滋味雋永，倘能博一衿而後中舉入翰苑，待職輦下，清高華貴，一旦外放，更可執玉尺以量天下士，視聽鼓十年憔悴不得一事者，真判若天淵矣。」某對曰：「卑職幸為庶吉士，不幸以知縣截取來耳。」趙大窘，顏頸俱赤，起立長揖曰：「余無識人之鑒，且負失言之愆。君雖不怒，我自懷慚。」

趙見前。某未詳。

楊樹棠授廣東遂溪令，之官日，途遇盜，將劫其篋，楊神色自若，方朗誦《震川集》，已而顧盜曰：「篋中滿貯書籍，欲取則取去。」盜慚遁。

楊名忠嗣，江西德興人。拔貢，以知縣指分廣東，權遂川縣知縣，未幾真除。入民國，為華僑宣慰使張振勳秘書長。

陸鳳石為侍講時，偶微服冶游，為流氓所辱，恨而絕跡北里。嗣膺兼尹之命，有知其事者，白之曰：「群小今方設肆於城外，宜捕治之。」陸笑曰：「此過去事，何必小題大做。」

陸名潤庠，江蘇吳縣人，同治甲戌以一甲第一名及第。授翰林院修撰，累官吏部尚書、文淵閣大學士、弼德院院長、禁煙大臣。書法腴潤，著稱一時。共和成立，退為宣統師傅，無病而終。

楊杏城管津榆鐵路，庚子聯軍環攻津沽，彈丸如雨，几案都碎，楊神色自若，伏案屬書，備言利害，獻之李文忠。文忠以視袁項城，曰：「杏城此書一字一珠。」

楊、袁俱見前。

鐵寶臣以陸軍部尚書南下校閱諸鎮，經滬，入製造局巡視，見廢鐵堆積，曰：「如許廢料，盍儲置廢料所？」總辦張楚寶對曰：「廢鐵可復鑄，即成新鐵矣。」鐵曰：「予不啻廢鐵，安得洪爐煉鑄之。」張色變，亟辯曰：「職道出語不檢，幸海涵。」鐵撫其肩曰：「楚寶何至是，予無心戲言，非有疑於君也。」

鐵名良，滿洲人。由兵部郎中累遷至內閣學士，擢授兵部侍郎，與袁世凱同為練兵大臣，晉兵部尚書。新官制成，兵部改為陸軍部，仍為尚書，遷江寧將軍。辛亥之變，欲舉兵金陵，知兵單力弱，不能圖勝，遂逃之北京。遜位詔下，挈眷之大連，憤曰：「吾將入外國籍。」張名士珩，安徽合肥人，舉人。以道員充江南製造局總辦，擢四品京堂。入民國，任造幣廠監督，駐天津。未幾，乞退去。

陳石遺雅好山水，足跡遍上谷、居庸、昌平、泰岱、匡廬、彭蠡，京西之香山、翠微，江上之金焦、北固、鍾山、石鐘、西山、赤壁，漢上之大別、郎官，西湖之南北兩峰及其他諸名勝。無地不賦詩，無詩不雅切。

陳見前。

丁巡卿嘗夏夜倚槐樹，執卷朗誦，天驟雨，迅雷霹靂擊倒一大樹，距離僅數武。他人皆失色避去，丁神采自如。

丁名振鐸，河南羅山人，辛未翰林。授編修，外簡甘肅涼州府知府，累遷至雲南巡撫，調廣西巡撫，再調山西巡撫，晉雲貴總督，移閩浙總督。因事褫職，旋起用，以侍郎候補，充弼德院顧問大臣。入民國，任審計院院長。

楊時百嗜琴，陳列滿一室。辛亥之變，京師震動，楊方閉戶輯《琴粹自精》書，羅癭公題曰：「據梧惠子從吾好，乞食淵明足自娛。送日寧如操縵樂，今年真笑立錐無。山河成壞從公等，門巷荒寒稱老夫。強聒俗人緣底事，手僵不惜萬豪枯。」

楊名稷，湖南寧遠人，舉人，郵傳部主事。羅見前。

姜翰卿提督畿輔時，偶微行入市，部下一卒方購羊肉，論值口角，毆肆主傷之，姜見而怒掌其頰。卒新入伍，不識為統將，報以拳，正爭鬥間，一弁過其側，駭呼曰：「是大帥也，胡無禮至此？」卒乃踉蹌遁。少頃，其管帶縛之至，乞施以刑罰，且自請處分。姜笑曰：「我掌其頰，責其不應滋事也。彼報以拳，不知掌頰者即我也。姑免其罪，嗣後汝宜嚴誡所部諸弁，不可如此人在外胡鬧。」

姜名桂題，安徽亳縣人。出身行伍，積功累官至淮軍統領，記名提督。宣統初元，授直隸提督。入民國，授陸軍上將，統全軍鎮北通州，已而授熱河都統，年已耄耋而雄心不衰。共和以來，論將帥之資格，當以桂題首屈一指也。

劉幼丹暑夜臥書齋藤榻，門半掩，偷兒乘其不備混入，匿書案背後，須臾，聞鼾聲，移步出，見四壁皆圖書，几案間僅筆、硯、水盂各一事，知無物可竊，又不欲遽去，乃將盂置袋中，返身圖逃。劉覺，一躍而起，曰：「偷兒且止。」賊呆若木雞，劉從容取原物，予一銀幣曰：「速去，下次不可來。」

劉名心源，湖北蒲圻人。翰林院編修，授御史，外簡四川夔州府知府，移成都府，擢廣西按察使，以不為上官所喜被劾去。入民國，黃陂以其老成碩望薦為湖北民政長，未幾，授湖南巡按使。

楊采南胸無城府，與人交肝膽相示。客至，呼侍者瀹茗，不應，再呼之，復不應，怡然不為意。客問曰：「貴紀平日豈不執一事耶？」楊曰：「蠢奴放縱慣，頓忘所役，懈於趨承。」言甫已，侍者端茗進，笑曰：「呼之不應，不呼而來。」

楊名士鈞，安徽泗縣人。以同知指分浙江，歷管稅局，積資至道員，充天津電報局總辦，外任駐小呂宋總領事官，任滿歸國，充湖北督銷總辦。入民國，充北京電報局局長。乞病去，自此杜門不出者十年矣。

王采臣入蜀，舟過巫峽遇巨雨疾風，船漸降漸落，家人及奴隸俱大怖，相對而哭，王從容曰：「仰觀天象，浮雲將散，雲散風立平，風平則浪止。」眾為之稍安。

王名人文，雲南太和人，丙戌翰林。授編修，擢御史，外簡陝西知府，累擢至布政使，移四川，護四川總督，晉侍郎銜，充西藏幫辦大臣。入民國，被舉為參議院議員，任四川查辦使。

庚戌、辛亥之歲，陳弢庵、鄭蘇戡、胡瘦唐、江叔海、趙堯生、曾剛甫、冒鶴亭、陳石遺、林畏廬、羅癭公等於京師結詩社，過人日、花朝、寒食、上巳之類世號為良辰者，擇一名勝地，挈茶果餌集焉，晚飲於寓齋若酒樓，分紙為即事詩，次集易一地，彙繳前集之詩，互相評騭，其主人輪流為之。

陳、鄭、胡俱見前。江名瀚，福建汀縣人。初為學部參事，簡授河南開歸陳許鄭道，權布政使。民國三年，授四川鹽運使，繼充參政院參政。趙見前。曾名習經，廣東揭陽人，壬辰翰林。度支部左參議。冒、林、羅俱見前。

孫蔭庭為皖省長兼都督，甫下車，遭變亂而退，范鴻仙為文醜詆之，侍從某武官憤曰：「吾欲執其人，笞而問其故。」孫笑曰：「書生盲論，不足責也。」

孫名多森，安徽壽縣人，舉人。以道員充直隸農工商務局總辦，授直隸勸業道。入民國，授安徽實業司長，未之官，任中國銀行總裁，旋任參政院參政，外簡安徽民政長兼都督，再任中國銀行民裁。范名光啟，安徽人。

王心齋在京兆尹任頗營贓賄，肅政史夏仲膺嚴詞彈劾之，鞫訊得實，將誅，步軍統領江朝宗、軍政執法處長陸建章詣白宮長跪乞赦免，袁總統不允，以密令授江、陸，堅囑弗泄。翌朝宣布執行，江、陸唯唯，既退，宴王於執法處，去其縲絏，王入座以為免罪，顏稍舒。宴罷，江以令示王，哭失聲，王閱竟還之，神色恬然，登車赴刑場，江問曰：「君有言乎？」王低首不答。

王名治馨，京兆人。以道員需次奉天，充巡警局總辦。入民國，為內務次長，權京兆尹，因賄買知事案為肅政史彈劾。夏名壽康，湖北黃岡人，翰林。授編修，民國元年任湖北內務司長，擢民政長，內調肅政史，晉平政院院長。

蔡子賡長直隸教育司，項城召入覲，擬令為教育部長。議定，蔡詣部商繼任人，總、次長俱尚未至，乃入室坐待，已先有二司員在，隨手翻閱報章，甲顧乙曰：「何物蔡某，其資望亦堪膺教育總長耶？」蔡微笑，而總、次長連袂至，二司員退出，問聽差何人，差知即所罵者，相顧失色。蔡既受事，二人託故請辭，蔡曰：「予資淺躐高位，在當今誠不足異，顧自度葑菲，深用愧怍。兩君前言非虛妄，予殊不介懷，切勿內不自安，輕言求去，予居官一日，兩君當相助一日。」二司員大慚，唯唯而退。

蔡名儒楷，江西蓮花人。納粟為知府，指分直隸，任學務局提調。入民國，為直隸教育司長。項城任嚴修為教育總長，嚴不願之官，遂以儒楷代其位。外任山東巡按使，調參政院參政。

李協和占湖口，進駐南昌，為李秀山所攻，軍臨王家埠，相距三十里。報至，諸將皆遁，李策騎出城，意氣安閒，登高瞭望，營壘如林，始飛奔而逸。

李名烈鈞，江西武寧人。初肄業南昌武備學校，繼學於日本士官學校，歸國應試，授炮兵科舉人，其師汪瑞闓薦於滇督李經義，得任雲南新軍協統。辛亥屯兵贛鄂交界，云將北伐，南昌秩序定，被舉為江西都督，項城為總統正式任命之。時與粵督胡漢民、皖督柏文蔚、湘督譚延闓並稱國民黨四大都督，嘗聯名通電反對政府，政府不能堪，下令免職，自是癸丑之戰、丙辰之戰皆與焉。

王子春坐鎮武昌，一日乘馬出署，比至轅門，有賣漿者不及避，致將豆漿撞翻，賣漿者不知策騎者伊誰，肆口謾罵，索償所值。王停轡慰之曰：「值幾何？自應賠償。」曰：「二千文。」乃命從弁倍給之，賣漿者叩首稱謝去。

王名占元，山東冠縣人。以營弁積官統領，辛亥馮國璋率師南下，以占元為先鋒，克漢陽，立擢第一鎮統制。入民國，授陸軍中將，任第一師師長。癸丑與李純共攻贛，授將軍，會辦湖北軍務，其時督軍務者張錫鑾未抵任，代攝其職，旋真除。丙辰以督軍兼省長，知政府欲軍民分治，乃薦參謀長何佩鎔為省長而實權仍操縱如故也。

癸丑上巳，梁任公集名流鄭叔進、王志庵、李木齋、顧亞蘧、袁玨生、楊昀谷、姚重光、易實甫、楊皙子、夏午詒、嚴又陵、陳翼牟等數十人修禊京師萬生園，觴詠流傳，不減山陰蘭亭之會。

梁見前。鄭名沅，湖南長沙人，甲午探花。翰林院侍讀兼南書房行走，入民國為總統府秘書。王見前。李名盛鐸，江西九江人，乙丑榜眼。歷官內閣侍讀，充出使日本大臣，任滿歸國，補授順天府府尹，調山西提學使。民國三年，授參政院參政。六年，任農商總長。顧名瑗，河南祥符人，翰林院編修。民國初元趙秉鈞長內務部，薦為秘書。袁名勵準，京兆人。翰林院編修，南書房行走。鼎革後，為清廢帝宣統師傅。楊見前。姚名華，貴州息烽人，進士。郵傳部主事，民國元年被選為參議院議員，嘗充北京高等女子師範學校校長。善繪事，著有《菉猗室曲話》。易見前。夏名壽田，湖南桂陽人，戊戌榜眼。授編修，民國入公府為秘書。項城僭位，制誥多其草擬，事敗列八大罪魁。嚴見前。陳名士廣，湖南湘鄉人。交通部主事，擢秘書。著《長安夢》小說，言某部秘史甚詳。

吳子玉共曹仲三治軍京洛，曹嘗戎服佩刀，望之凜然。吳有時便衣布履，手執唐宋人詩，吟哦不輟，曹見之曰：「是書呆子。」

吳名佩孚，山東蓬萊人。以諸生考入北洋武備學校，畢業後歷官第三鎮統帶。入民國，任為第三師旅長，晉師長，授孚威將軍。為人膽大識高，能與士卒共甘苦，曹倚如左右手，凡所建白皆先徵其意而後行。好為詩。曹名錕，直隸天津人。初為賈，繼習陸軍，畢業北洋武備學校，隨袁項城練兵小站，累官第三鎮統制，記名提督。袁項城為總統，改任為第三師師長，令拱衛京師。三年，授虎威將軍，頻率軍南下攻蜀、攻湘。五年，黃陂繼位，以段祺瑞薦，晉上將，授直隸督軍。已而督川粵湘，授四省經略使，自請裁撤，改任直魯豫巡閱使。

辛壬之交，名流聚京國，組織寒山社，為詩鐘雅集，碎金片玉，咳唾皆馨，若郭春榆小麓父子、楊味春杏城兄弟、陳弢庵、梁節庵、沈愛蒼、袁玨生、秦宥橫、趙芝山、易實甫、郭桐伯、梁任公、冒鶴亭、趙劍秋等八十餘人，易實甫曰：「十步之內，香草彌多；一山之中，馨桂愈烈。蒲牢送響，何止一百八下之聲；蓮社題襟，多至六十餘次之集。」

郭名曾炘，福建閩縣人。由翰林累官至禮部侍郎。入民國，授參政院參政。子名則澐，以翰林佐徐世昌幕，徐專疏薦其賢，授浙江溫處道。入民國，為國務院秘書，擢秘書長，兼銓敘局局長。楊、楊、陳、梁、沈、袁、秦、趙、易俱見前。郭名宗熙，湖南湘陰人。翰林院編修，以道員分吉林，授延暉道擢提學使。入民國，為吉林教育司長，擢授巡按使。趙名椿年，江蘇武進人。以知府指分江西，擢農工商部參議上行走。入民國，為工商部參事，調財政部參事，擢次長，外簡蕪湖關監督，未之任，再任財政次長，旋授京師稅務監督，調審計院副院長。

徐弢齋設晚清簃詩社於公府，入社者有周沈觀、樊樊山、易哭厂、傅沅叔、鄭叔進、王書衡、吳士緗、郭小麓、許季湘、傅芷薌等數十人，觴詠不絕，佳句時傳，將使蘭亭絕唱長在人間，柏梁聊吟重來臺上，風雅道衰之際，此為最難得之韻事也。

徐、樊、易、傅、鄭、王、吳、郭俱見前。許名寶衡，浙江杭縣人，舉人。軍機章京，充憲政編查館總務處科員。入民國，為國務院僉事，轉秘書，擢參議，移內務次長。傅名岳棻，湖北江夏人，舉人。學部七品小京官，充憲政編查館總務處科員。入民國，為統計局參事，擢教育次長。

卷四

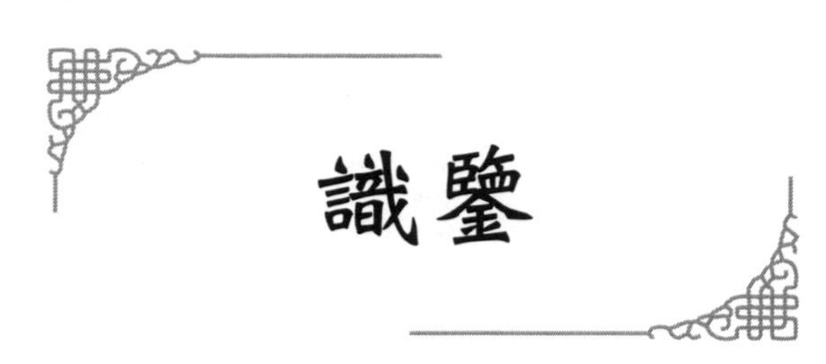

識鑒

清道人未達時，武陵余某測其必顯貴，以長女字之，未婚卒，復字以次女，又卒，更字以三女名梅者。既婚，數年逝。清道人感其風義，因自號曰「梅癡」，終身鰥居不更娶。

清道人見前。

梁燕孫童年讀於塾，課餘，師對諸生曰：「盍各言爾志。」一生答曰：「弟子他日倘得入翰苑，一麾出守，作良二千石足矣。」次及梁，梁曰：「大丈夫生天地間，不為英雄，便當為流寇。」師咋舌久之，退而告其父曰：「哲嗣將來名位，上可方周、召，下亦不讓蕭、曹，公宜及時勒抑之，使不入邪途。」其父曰：「師言過譽矣，但求其能自立亦大幸也。」

梁名士詒，廣東順德人，甲午進士。授翰林院庶吉士，改官道員，指分直隸。郵傳部成立，授右參議，兼京漢鐵路局總辦，未三年罷去。袁世凱為內閣總理，援之權郵傳部副大臣。未幾，該部大臣楊士琦以和議問題南下抵滬，即辭職，梁因得兼攝大臣。入民國，為公府秘書長，繼而以財政次長代部務，兼交通銀行總理。濫發鈔票，以致中交銀行停止兑現。

朝鮮之亂，有貴胄負傷，匿稅司所居。時袁項城方以領事駐韓京，聞變率兵往，及門，一人持槍當戶阻之，意氣凜然。袁勒令群卒使稍退，問其名，乃稅務委員唐少川也，告以故，遂讓入。就之語，大讚賞，立即訂為昆季。

袁、唐俱見前。

岑盛之領袖粵督幕，有相士顧之曰：「君異日名位當不在西林下。」岑曰：「吾安貧賤而不樂富貴，嘗攬鏡自照，周祥審視，自信不能為大人，實未敢勞神。」相士窘甚。

岑見前。

錢念劬初任駐德使館參贊，以不諳西語得學生陸子欣導引，錢彌感之，乘間為欽使言：「子欣年少多材，堪膺重任，倘予以一事，俾循序漸進，不出五年其聲譽當非吾儕所能逮。」使然之，立調陸赴歐洲，累官至專使，自列席海牙和平會，詞鋒銳利，西人爭欲望其風采，果如錢所言。

錢名洵，浙江歸安人，舉人。充出使德國大臣隨員，擢參贊，晉出使和國大臣。入民國，為參政院參政。陸名徵祥，江蘇上海人。初畢業上海廣方言館，繼畢業京師同文館，充英德使館隨員，累遷為駐比使館參贊，陟出使比國大臣。充海牙和平會專使，以建言見重於各國，移駐俄國大臣。辛亥會同駐外各使領銜乞清帝遜位，國人益想望其風采，遂任外交總長，擢國務總理。未幾下野，起為外交總長，晉國務卿。復下野，再起為外交總長，出任歐戰和會專使。

徐菊人總制東三省，周少樸為左參贊，錢幹臣為右參贊，徐偶對二人曰：「二君才堪大任，但均不宜膺疆圻而當預樞密。」已而周巡撫黑龍江，錢布政陝西，都無政績，人以是謂徐具知人之鑒，明用才之方。

徐、周、錢俱見前。

饒宓僧以鹽大使需次榕城，累歲不得一差，憔悴欲死。提學使姚稷臣見其文詞豔雅，歎曰：「鹺官中有此才人，吾竟勿及知，真埋歿英雄矣。」立傳宓僧至，長揖曰：「知君貧困久而文才如此，終有嶄露頭角之一日。惟久置閒散，諸長官固不能辭責，余亦應任咎。茲擬屈君授兒女詩書，月致菲修，君能俯就否？」宓僧感泣曰：「惟命是從。」

饒見前。姚名文倬，浙江杭縣人，翰林，官福建提學使。

辛亥，革命軍踞武昌，清廷起袁慰廷為湖廣總督，使率京畿諸鎮南下進剿。梁節庵閱邸抄，長歎曰：「慰廷出山，國家從此多事矣」。或曰非袁之聲望才力不足以平茲大亂，梁曰：「此人久蓄異志，必將乘此機會以自取天下。」

袁、梁俱見前。

朱介人任浙江都督衛隊團長，一日，戎服入謁都督湯蟄仙，娓娓陳攻江寧之策，湯奇之，歎曰：「吾素以為子雖習兵事而文弱如書生，絕無赳赳之態，恐不勝重任，今乃知子固負叔子之才、懷巨源之志者。吾無識人之鑒，竟以卑職相屈。」乃諭告師旅，遴選勁卒三千，令委朱為浙軍援寧總司令。朱既蒞寧，血戰匝月，奏凱而旋。

朱、湯俱見前。

周希哲精西學，康南海使執贄梁任公門下學習國文，謂希哲天資聰穎，盡心指導三月必能通曉，任公有難色。及周列絳帳弟子，舉一反三，竟如南海所言。

周名希哲，廣東人。留歐大學畢業生。康、梁俱見前。

王晉卿主第三屆知事試驗，搜得一遺卷，閱而奇賞之，置前茅，謂是人必能嶄露頭角。榜揭，某詣謝，詢知乃新卒業學生，王曰：「子雖未涉歷政事，然富有學識，亦足膺民社。」

王名樹柟，直隸新城人，進士。由部曹外簡知府，累官新疆布政使。工古文、詞。入民國，為參政院參政，著《希臘春秋》一書。

蔡松坡既解甲入覲，項城細與之語，奇賞之，退而對徐東海曰：「異日國家有事，斯人必建大功，惜非壽者相。」未三稔，項城稱帝，舉兵反抗者實蔡為之先。初聞報猶以為不確，已而切齒頓足曰：「余早知其必叛。」

蔡見前。

袁容庵易簀時，嗚咽對徐東海曰：「予豈願稱帝，但已有人設計攫總統，不得已冀以強力消弭，孰料竟一敗塗地。然即無茲事，一二年後難免不紛爭，若輩德不足服眾，才不足應變，斯時捨君其誰？」迨徐為總統而袁言果驗。

袁、徐俱見前。

蔣頫青為水雲詞人猶子，工填詞。頫青少時，宿學對詞人曰：「令侄文才高超，會看跨灶耳。」後頫青濡染家學，詞章絕妙，方諸乃叔無分軒輊。

蔣名玉棱，江蘇江陰人。居公卿幕垂五十年，累保至直隸州知州。著有《水紅詞》十卷、《南北宮詞》八卷。

宋鈍初既膺農林部長，欲物色秘書，問人才於康率邅，率邅曰：「陳繩武博學多詞藻，其上選也。」率邅以書抵陳，鈍初復躬造其廬，陳感動，計偕入都。

宋、康俱見前。陳名紹祖，江西黎川人。日本早稻田大學政治經濟科畢業，歸國應試，欽獎舉人，以道員指分直隸，總督楊士驤延入幕，且命監督北洋譯學館，端方、陳夔龍繼作督，倚畀如故。入民國，為農林部秘書、政事堂禮制館編纂，已而授法制局編譯。

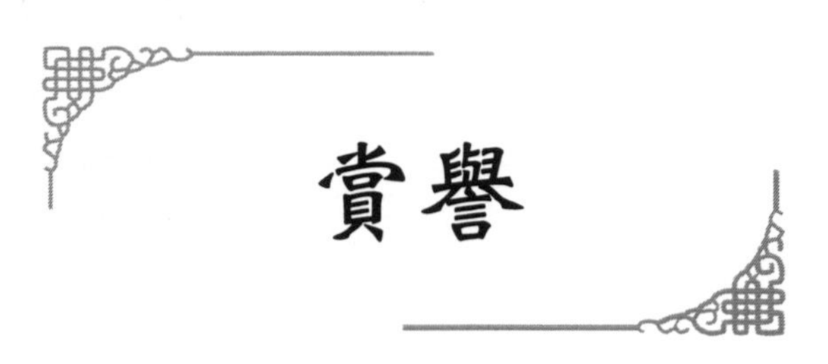

賞譽

陳筱石與兄少石一成進士、一入翰林，弟幼石亦登賢書，皆躋身顯要，其所親曰：「是不翅薛家三鳳。」

陳名夔龍，貴州息烽人，丙戌進士。授兵部主事，歷官至順天府府丞，陟府尹，外任河南布政使，移江蘇布政使，擢河南巡撫，再調江蘇巡撫，晉四川總督，未之官，移湖廣總督。端方褫職，調為直隸總督兼北洋大臣。著《庸庵詩集》。陳名夔麟，貴州息烽人，進士。授庶吉士，散館授湖北蘄水縣知縣，更任沔陽、漢陽、武昌諸縣，擢府道，再擢江西按察使，三擢廣東布政使。子昌穀，貴冑學校畢業，以道員指分江蘇。入民國，為蘇州關監督，移京兆財政廳長。陳名夔麒，貴州息烽人，舉人。官四川知縣，累保至道員。

陳庸庵稱錢銘伯品端學粹，才大心細。

陳、錢俱見前。

錫清弼目王鐵珊，志趣正大，謀慮精詳，耿耿血誠，回絕流俗。

錫見前。王名瑚，直隸定縣人。翰林院庶吉士，散館授四川筠廷縣知縣，擢知府。岑春煊督粵，任為防營統領，旋奏請授欽廉道。所屬某邑盜為患，令請兵助剿，瑚復電允之而未發一卒，城陷，令舉家殉難，以是褫職。錫良督東，疏薦其才堪大用，復原官，授吉林東南路道。入民國，為直隸雄縣知事，簡授湖南民政長，未之官，內授肅政史，再起為京兆尹。

王病山與秦晦鳴齊名，王守江西撫州，秦守雲南曲靖，人稱王撫州、秦曲靖。

王、秦俱見前。

張堅伯稱梁節庵文章風節冠絕流輩，雄詞直氣，不可多得。

張名鳴歧，山東海豐人，舉人。納粟為同知，入岑春煊幕，累保至道員。岑在蜀督任專疏薦其才，以道員存記，未幾，授廣西太平思順道，超擢布政使，再擢巡撫，三擢兩廣總督。梁見前。

陳叔伊道梁任公世界學問無所不容，心血何止多人數斗。

陳、梁俱見前。

柯巽庵為贛撫，寵信丁少蘭、汪頡荀，嘗對群僚曰：「是二人乃吾左右手。」時丁年甫逾三十，汪二十有七，洪都官場稱小丁、小汪。

柯見前。丁名乃揚，浙江吳興人。由知府保升道員，擢授兩廣鹽運使，晉順天府府尹。民國歷任兩廣、長蘆鹽運使。汪名瑞闓，安徽盱眙人。由舉人納資為知府，指分江蘇，充海運總辦，保道員。柯逢時撫贛，調之江西，權九江關道，再權按察使。柯移桂，任為巡防軍統領。已而，充上海巡警總辦，授江蘇巡警道，調湖南鹽法長寶道。民國元年，被命為江西民政長，為李烈鈞所拒，二年始抵任。因案褫職，再起為參政院參政。

定正平曰：「王書衡、董綬經可稱絳樹雙聲。」

定名成，滿洲人，癸未進士。入翰林，累官至大理院正卿。王見前。董名康，江蘇武進人，進士。官大理院推事，擢刑科推丞。入民國，為大理院長，移司法總長。

周峋之以部郎入浙查辦滬杭甬路橋工，秉公無私，總理湯蟄仙以文報部曰：「周郎中識窮兩戒，清絕一塵。」

周名嵩堯，浙江紹興人，舉人。以內閣中書久居江北幕府，歷任漕運總督、江淮巡撫咸倚重之，劉永慶、王士珍先後為江北提督，尤器其才，王專疏保其才堪大用。擢侍讀，授郵傳部郎中，掌路政司。入民國，為江西督軍公署秘書長，以道尹存記，內調統率辦事處秘書。李純移督江蘇，仍任秘書長，李屢薦其才堪勝省長任，未獲簡放，授浦口商埠幫辦。湯見前。

陳漢元、宋漁父偕遊岳麓，宋以句示陳云：「陳龍豪氣今猶在，百尺樓頭一漢元。」

陳、宋俱見前。

徐錫丞係楊士驤士琦之甥，陳簡持撫雞林，於司道中最賞錫丞，謂其才氣言辯酷肖其兩舅。

徐名鼎康，江蘇嘉定入。以蔭生為道員，指分北洋，歷管要差，授吉林勸業道，陟度支使，遷民政使。入民國，任吉林內務司長，攝民政長，內調政治會議議員，外任安慶道尹。陳見前。

袁項城稱陳二安廉明果毅，相逢恨晚。

袁、陳俱見前。

陳逸庵年逾弱冠，穎悟非常。詣楊泗州，泗州與語大賞之，曰：「吾外家今雖衰落，子當能承先人之緒，望努力自愛。」陳未達而喪。

陳名潛，江西黎川人。北洋法政專門學校商業科高材生，歷供職中國銀行、殖邊銀行。內行敦篤，每公退嘗手佛經一篇自修。臨歿，呼弟妹至前曰：「吾登極樂世界矣。」

共和初創，舉國之人有言曰：「雄才大略袁世凱，良才碩望黎元洪。」

袁、黎俱見前。

馮河間稱李秀山縝密安雅，王子春明敏和慎，陳秀峰端謹周詳。

馮名國璋，直隸河間人。以諸生畢業北洋武備學校，充淮軍教練官。袁世凱練兵小站，任為管帶，擢統領，保以道員用，充參謀處總辦，超授副都院，晉授軍諮使。民國元年，為直隸都督。二年，移江蘇都督。三年，授宣武上將軍。五年，國會選舉為副總統，仍兼領江蘇督軍。復辟亂平，黎元洪退位，遂為代理大總統。八年十二月，卒於京師。李、王俱見前。陳名光遠，京兆武清人。北洋武備學校卒業生，由營官累任第四鎮統制。入民國，授陸軍中將，充第十二師師長，擢江西督軍，仍兼師長，晉上將。

黎黃陂解湖北都督入都，居小蓬萊，袁總統見之曰：「褒鄂英姿，獲瞻便坐。楚國善寶，遂見斯人。」

黎、袁俱見前。

楊杏城目其侄霽川雲在水流，識高心達。

楊見前。霽川名毓璋，安徽泗縣人。年十五補博士弟子員，納粟為同知，充日本欽差大臣隨員，以積勞保知府，指分浙江，歷任各局所總辦，已而以道員充東三省鹽務總辦。徐東海管郵傳部，調任為天津電報局總辦。入民國，以原職兼電話局局長調天津中國銀行行長。龔心湛長皖，薦其才堪大用，以簡任職交國務院存記。

黎黃陂稱徐東海河海之量、砥柱之才，氣概不可一世。

黎、徐俱見前。

梁嵩生長交通部，楊左丞薦周虎如堪勝秘書僉事之任，周固郵傳部舊吏，諳知郵電路航四政之利弊，見梁侃侃而談，梁大激賞之。適漢粵川鐵路會辦擬簡員接替，梁徵其同意，周曰：「年邁資淺，弗克肩茲重任。」梁笑曰：「馬弁可作將軍，司書可作省長。君富才藻，獨不能作會辦耶？」周唯唯，稱謝而退。

梁名敦彥，廣東順德人。由部曹累官至外務部右侍郎，轉左侍郎，擢尚書。入民國，為交通總長。楊見前。周名炳蔚，廣西人，癸未舉人。以知府充京奉鐵路局文案，盛宣懷為郵傳部尚書，調權郎中。民國三年，任漢粵川鐵路會辦。五年，裁缺。

張紹軒入京覲見，袁總統召入居仁堂，共討論大政。張於國計民生侃侃而談，袁擊節歎曰：「血性男兒，血性男兒！」

張、袁俱見前。

任震廷才華卓越，張今頗嘗薦於總統曰：「內則置之樞垣，有補闕拾遺之效；外則俾以疆寄，收福國利民之功。」

任名毓麟，浙江紹興人。起家幕僚，累保至道員。廷傑趙爾巽奇賞之，趙信之尤篤，督四川、督東三省，要疏無不出其手，授直隸提法使。入民國，隨張錫鑾於直隸奉天，任督署秘書長，授奉天政務廳長。張見前。

康長素曰：「梁任公高峙岳立，國之棟梁。」

康、梁俱見前。

客有問於袁項城曰：「總統輔弼人物誰最信，誰最才？」袁曰：「予最親信者有九才人、十策士、十五大將。徐菊人雄才，楊杏城逸才，嚴範孫良才，趙智庵奇才，張季直桀才，孫慕韓雋才，阮斗瞻清才，周輯之長才，梁燕孫敏才。楊晳子善辭，王一堂善謀，張仲仁善斷，曹潤田善計，陸潤生善策，章仲和善治，汪袞甫善政，金伯屏善文，顧巨六善道，施鶴雛善事。福將王聘卿，主將馮華甫，重將段芝泉，儒將張金波，老將張子志，猛將張紹軒，守將田煥庭，勇將曹仲三，大將倪丹忱，戰將段香巖，健將雷朝彥，勝將陸朗齋，強將江宇澄，驍將田韞山，武將陳二庵。」文武諸材，雖稱譽不無逾量，而評品尚屬確當，項城眼光固自不凡。

徐、楊、嚴、趙、張、孫、阮、周、梁、楊俱見前。王名揖唐，安徽合肥人，進士。授主事，留日士官學校畢業，改官道員。徐世昌督東三省，調之奉天，薦充督練公所總參議。入民國，充陸軍中將，組織政黨曰統一黨，自為黨魁。已而被選為參議院議員、追統一合併進步黨，與張謇等同被推為理事。國會解散，歷充政治會議憲法會議議員、參政院參政，外任吉林巡按使。未幾罷去，任內務總長兼市政督辦。張見前。曹名汝霖，江蘇上海人。留學日本法政大學，以舉人官外務部主事，遷員外郎，擢郎中，歷參丞而至侍郎。時管部務者為奕劻、那桐，深信之，故尚書中如梁敦彥、鄒嘉來輩皆無權，朝官側目。入民國，初為律師於京師，已而被選為參議院議員。甲寅日本提出二十一條向我國交涉，政府以其熟語外交，且嘗交通日本，任為外交次長，與總長陸徵祥與日公使逐日談判，結果殊不善，人民爭詈之。罷去，再起為外交總長兼交通總長。陸名宗輿，浙江海寧人，舉人。留日本習法政，以郎中留民政部，充調查日本憲政大臣隨員。還國，任憲政編查館幫提調等職，擢四品京堂，督辦東三省鹽政。新官制公佈，授內閣印鑄局局長，權度支部副大臣。入民國，任公府顧問，被舉為參議院議員，未幾，特任全權駐日本公使，辭職歸國，任龍煙煤礦督辦，與日人共資組織匯業銀行，被推為總裁，政府以某素有理財名，任為幣制局總裁，一人兼三職，月入逾二千，嫉者劾之，遂辭幣制總裁職。章名宗祥，浙江吳興人。留學日本法政大學，授民政部主事，歷階員郎，擢內城巡警總廳廳丞。旋開缺，以四品京堂充憲政編查館提調，已而授法制院院使。入民國，為大理院院長，移司法總長，歷兼教育、農商總長，出任日本公使。汪見前。金名邦平，安徽黟縣人。留日習法政，廷試列最優等第一名，授翰林院檢討，俗呼之曰「洋狀元」。袁世凱督北洋，使參與外交。楊士驤繼督，以其為鄉人，且通達法理，尤器重之。迨袁為總統，任為公府秘書。政事堂成立，授參議，未幾，移農商次長。帝制消滅，辭官之滬，創設工業專門學校，自任校長，對人曰從茲不問政事矣。顧名鼇，四川廣安人。拔貢，朝考一等，授七品小京官，留學日本習法政。歸國，任內城巡警總廳僉事，記名以知府用。入民國，為內務部參事，擢法制局局長。項城稱帝，贊助甚力。施名愚，四川涪縣人，進士。授翰林院編修，留日本習法政。歸國，充憲政編查館科員。入民國，以孫寶琦薦，任公府秘書，旋授法制局局長，歷任政治會議議員、約法會議副議長，授參政院參政。王、馮、段、張俱見前。張名懷芝，山東歷城人。起家行伍，累官至天津鎮總兵，記名提督。入民國，袁項城屢勸其出仕，堅持不出。袁仍敦促不已，遂起為泰武將軍，督理山東軍務，改督軍兼省長，旋內調參謀總長。張見前。田名文烈，湖北漢陽人。畢業北洋武備學校，納粟為道員，指分直隸，任新軍統領，權陸軍副大臣。入民國，為陸軍次長，任山東民政長，移河南民政長兼都督，已而改巡按使以督俾趙倜，旋內調農商總長，移內務總長。曹見前。倪名嗣沖，安徽阜陽人。由佐貳歷保至道員，充北洋營務處總辦。徐世昌督東，項城薦之同往，授黑龍江民政使。因案革職，再起授河南布政使，會辦軍務，旋授皖北鎮守使，擢安徽都督兼長江巡閱使。段名芝貴，安徽合肥人。以道員充天津南段巡警總辦，以女優進貝子載振，突賞布政使銜，署黑龍江巡撫，朝野譁然。臺諫交章彈劾，立撤銜開缺，仍以道員用，擢陸軍統制。入民國，授陸軍上將，任湖北都督，調鎮安上將軍，督理奉天軍務。乞病去，再起為陸軍總長。雷見前。江名朝宗，安徽旌德人。歷官總兵都統，入民國為步軍統領。六年，黃陂下令解散國會，代國務總理。因總理伍廷芳堅不副署，依法非經內閣副署不能認為有效，時他人不敢肩此重任，獨江願之，遂以之暫代總理，江毅然副署而國會解散矣。旋解步軍統領，授將軍。陸見前。田名中玉，直隸臨榆人。畢業北洋武備學校，歷任廣東新軍協統、江蘇混成協統、奉天督練公所總參議。民國授陸軍中將，兩任袞州鎮守使，遷陸軍次長，外簡察哈爾都統，擢吉林督軍，未之任，授山東督軍。

孫少侯卸皖督，自請入覲，袁總統許之。既抵京，袁屏去左右與之語，旋對其兄多森曰：「令弟毓筠才長識高，學優言辯，寵辱不驚，自期甚遠，洵為後進之秀。」

孫名毓筠，安徽壽縣人。為諸生頗不得志，遂遊日本習法政，結識孫、黃，投入同盟會。既返國，納資為道員，指分江蘇，意在乘機圖大舉，為江督端方探悉，立繫諸獄，以其係大學士家鼐從孫，乃電告毓筠謀反狀。家鼐覆電謂，如果實有其事請正典刑，若為無稽之談尚望詳加考察。端方大恐，玩其詞指，以為或有意欲縱毓筠，乃釋之。辛亥起兵皖北，被舉為安徽都督，在任未一年乞退去，應參議院議員之選。國會解散，項城創約法會議，修改《臨時約法》，任毓筠為議長，已而授參政院參政。帝制議興，毓筠為籌安會發起人之一。

品藻

徐菊人初與袁慰廷相見，二人都少年，袁對徐曰：「吾可方古何如人？」徐曰：「諸葛亮。」袁曰：「何敢高比武侯」？且曰：「公他日功業名望當不在謝安、王導下。」徐曰：「安石、夷甫何如人？以沙石比珠玉，令人汗顏。」

徐、袁俱見前。

趙次珊督蜀，於群吏少所許可，獨稱趙介庵忠義之氣，至老不衰。

趙見前。趙名藩，雲南劍川人，舉人。以道員指分四川，授川南永寧道，權布政使。入民國，被舉為眾議院議員。

張堅伯道岑西林，操切無容是其短，嚴厲無私是其長。

張、岑俱見前。

伍秩庸、唐少川相與議論外交人才，不能定甲乙，施植之攙言曰：「陸子欣、梁孟亭有治外才，宜長為駐使；梁嵩生、劉芷升富治內才，宜久居朝官。」

伍、唐俱見前。施名肇基，浙江杭縣人。畢業美國大學，比道員指分直隸，授濱江道，調外務部左參議，擢右丞。入民國，為交通總長，乞退去，未幾授駐美公使。陸見前。梁名如浩，廣東香山人。由部曹外簡蘇松太道，擢外務部左參議，充東三省總督左參贊。入民國，為外交總長，未三月棄職。梁見前。劉名式訓，上海南匯人。方言學堂畢業生，以主事供職外務部，充駐德國使館隨員，擢參贊，旋授四品京堂，任駐法欽差大臣。入民國，兩度為外交次長。

王聘卿、段芝泉、馮華甫為北洋三大將，並有盛名，世稱王龍、段虎、馮狗。

王、段、馮俱見前。

章太炎稱宋鈍初堪為宰輔，其智略有餘而小心謹慎，雖未及子房、文種亦伯仲於房、杜。

章、宋俱見前。

藍子彥稱宋芸子志大而才疏，言辯而行拙，學博而蓮蹇，心孤而遇苦。

藍名光策，四川資陽人，舉人。以知縣指分江蘇，歷官沐陽、泗陽縣知縣。入民國，為青浦、崑山、泗陽縣知事。

熊秉三解熱河都統，入都覲見，項城曰：「決以君領袖內閣，各部長吾意中亦復有人，君願與之共治國事否？」熊對曰：「若輩才固佳，乃第二流角色耳。」袁曰：「第一流為誰？」熊曰：「汪大燮、張謇、梁啟超等是。」閣成，袁笑曰：「此第一流內閣。」

熊名希齡，湖南鳳凰人，乙未進士。授庶吉士，戊戌預謀議革政治，事敗，革職永不敘用。未幾，復原官，改官道員，指分江南，晉四品卿銜，充東三省財政正監理官。鄂督瑞澂薦其賢，授湖北交涉使，未之官，移奉天鹽運使。入民國，為財政總長，既罷去，起為熱河都統，擢任國務總理，解組後充煤油督辦、賑務督辦。

袁項城問陸子欣曰：「君何如梁嵩生？」陸曰：「諳習內政，思致深遠，吾愧莫如嵩生；論國際利害、外交得失，自信過之。」

陸、梁俱見前。

蔡鶴卿與汪精衛共語，汪問曰：「君在昔為名太史，於今為教育家，世以蔡、汪並列，自慚形穢。」蔡曰：「黻屣利祿，吾與子固志同道合。論學術精力，吾不如遠矣。」

蔡名元培，浙江紹興人。庚寅翰林，授編修，以主張革命遂久不之官，學於柏林。入民國，為教育總長，旋任北京大學校長，著書甚富。汪見前。

袁項城引武侯語以評楊杏城曰：「淡泊以明志，寧靜以致遠。」

袁、楊俱見前。

王益吾曰：「譚組安以貴介而為疆吏，平日意氣深而閱歷淺，近賤少而近貴多，故行政用人有善有不善。」

王見前。譚名延闓，湖南茶陵人。甲辰翰林，授編修。入民國，為湖南都督兼民政長，未幾罷去，再起為督軍兼省長，復罷去，專任省長，未之官。工書，肖翁常熟。

汪精衛抵都，項城召見之，寵以殊禮。退語其子克定曰：「共和功人有鹵莽者，有激烈者，有粗疏者。如精衛之氣度爽朗，功成不居，彼黨中一人而已。」

汪見前。

梁節庵論陳弢庵之詩，謂古奧不減樊增祥而無其香豔，典雅勝於易順鼎而無其滑稽。

梁、陳俱見前。

駐華英使朱爾典與袁項城雅相契，一日，訪袁於私邸，問外交人才，袁曰：「鄒紫東、李木齋、李柳溪、孫慕韓、汪伯唐、錢念劬，或起家詞館，或出身孝廉，或嗣承爵蔭，雖都嘗持節海外，然非折衝樽俎之才。唐少川、伍秩庸、李伯行、梁嵩生、陸子欣、胡馨吾、曹潤田、高子益輩，學通專門，語擅東西，且嫻習列邦政象民情，居內固游刃有餘，使外亦迎刃而解。」

鄒名嘉來，江蘇吳縣人。丙戌翰林，由部曹積官外務部右侍郎，轉左侍郎，擢尚書。李、李、孫俱見前。汪名大燮，浙江杭縣人，舉人。由部曹積官至郵傳部左侍郎，一度任出使日本大臣。入民國，歷任教育總長、平政院長、參政院副院長。錢、唐、伍俱見前。李名經方，安徽合肥人，李鴻章之長子，舉人。納資為道員，擢四品京堂，充俄使館參贊。乃父使歐美，亦薦之為參贊，陟出使英國大臣。歸國，授郵傳部左侍郎。梁、陸俱見前。胡名維德，浙江吳興人，舉人。以內閣中書用，積官道員，擢五品京堂，充駐英使館參贊，陟德英大臣，復歷任俄法日本諸國大臣，內調外務部右侍郎，擢尚書。入民國，權外交總長，移稅務督辦，外簡駐法公使，移日本公使。曹、高俱見前。

于晦若謂楊杏城能言不多言，言必有中；嚴範孫能言言之不息，言亦多中，而其言初不以不中而止。

于、楊、嚴俱見前。

馮華甫督畿輔，以雄縣缺出，欲物色上材為知事。有薦王鐵珊者，曰：「王瑚勤儉樸實，治行夙著，以之管劇邑，當不讓龔遂之宰勃海、虞詡之令朝歌。」馮曰：「割雞焉用牛刀？」薦者因請，馮曰：「不知鐵珊能屈志百里不？」遂致書召之，王至，力辭衰老不勝任，內務司長劉仲魯起言曰：「以公之才德，治直隸一省而有餘，分百分之一治雄縣足矣。」馮頷首，遂薦為雄縣知事。

王、馮俱見前。劉名若曾，直隸鹽山人，乙丑進士。授翰林院編修，擢御史，外任江西九江府知府，移湖南辰州府知府，保道員，晉四品京堂，任大理院少卿，陟修訂法律館大臣。入民國，為直隸內務司長，擢民政長，開缺，授參政院參政。

陳筱圃里居閉戶，不履城市，唐蓂賡稱之曰：「薑桂之性，松柏之操，歷久彌堅，近世罕覯。微特南州之冠冕，抑亦東觀之良才。」

陳、唐俱見前。

楊朗川於其兄星川肖像題七律詩二章，其叔杏城視之曰：「此詩俊逸清新，幾無一字無來歷。」

楊名毓琇，安徽泗縣人。山東高等學校畢業生，納粟為同知，隨美國專使唐紹儀赴華盛頓，以勞保知府。入民國，為漢粵川鐵路督辦秘書長。

徐東海嘗言：「黎黃陂德量如曾國藩，曠達如彭玉麟，惜遇事不能當機立斷。」

徐、黎俱見前。

或問王湘綺參政諸人優劣，王曰：「楊惺吾有德有行，李柳溪有言有量，張季直有為有守，趙芝珊有禮有義，樊雲門有學有文，楊晰子有才有謀，余則非吾所知。」

王、楊俱見前。李名家駒，廣東人，甲午進士。授編修，歷官內閣學士、出使日本大臣、學部右侍郎、資政院總裁，與諮政院議員汪榮寶同被命編纂憲法。民國任參政院參政。張、趙、樊俱見前。

譚石屏晉見項城，甫交言，項城即問曰：「自古三戶多賢俊，今之宋教仁、黃興如何？」譚曰：「鈍初學識有餘而才量不足，克強膽大可取。」

譚名人鳳，湖南新化人。以諸生留學日本習法政，入同盟會主張革命，嚴日言論至激烈。民國元年，任長江巡閱使，繼而任漢粵川鐵路督辦。

楊樸山是楊士驤子，鄒紫東見之曰：「其聲音笑貌逼肖乃翁，雖豪放稍差而渾厚相似。」

楊名毓瑛，安徽泗縣人。官道員。鄒見前。

魯澄伯、丁佩蒼同客楊渭叟幕，並有賢聲，魯、丁固文士，楊曰：「澄伯、佩蒼詩詞箋啟皆古雅可誦，佩蒼之聯語尤佳。」

魯名堅，浙江餘杭人。官湖北知縣。楊見前。丁名德威，湖南衡陽人。曾習法政，以知縣分浙江，歷權諸暨、餘姚縣知縣。入民國，以知事分浙江。

規箴

奕劻宴錫清弼於私邸，被酒放言曰：「南北諸省司道府縣缺，司以蜀粵布政為最，道以江海、江漢、東邊、潁鳳為優。」言未終，錫正色曰：「公烏從知之？」奕劻微笑不答，錫曰：「吾任兼圻十餘年，愧不知何缺肥何缺瘦。公嘗以明珠薏苡之嫌疑，受贓污狼藉之彈劾，今視斯言或不誣。為公計，允宜親賢遠佞，絕苞苴，重輿論。倘一意孤行，豈獨誤國，且足殺身。」奕劻色赧，不知所對。

奕劻為滿宗室，初襲貝子，任八旗都統，旋晉貝勒，加郡王銜，充總理各國事務大臣，復晉封慶親王。庚子和約議成，實奕劻與李鴻章主之，遂為軍機大臣領袖，兼三月理外務部事。宣統三年春，新官制頒布，授內閣總理大臣。他無所知，惟稍習繪事。錫見前。

毛實君管江南製造局，見廠外巨木疊積如山，欲解作修船之用，主管者啟曰：「此為製作船桅之料者，無解之之理。」毛曰：「廢料亦珍視之耶？宜從吾言速解之。」偶以語夫人，夫人太息曰：「君誤矣。例如以綢作衣料，衣尚未製，決無碎之以作鞋襪之理。巨木之不應解而修船，其理一也。」毛大悟，已莫及矣。

毛名慶蕃，江西新建人，己丑進士。授戶部主事，擢員外郎，改官道員，充江南製造局總辦，未幾授江蘇提學使，擢甘肅布政使，攝陝甘總督。以事為載澤所劾罷官，非其罪也。入民國，授參政院參政，堅臥不起。

岑西林為郵傳部尚書，鄭蘇戡遺以書云：「今處群貴之間，當先籠絡人心，不可如居外之激烈。」岑復緘曰：「敢不書紳！」

岑、鄭俱見前。

辛亥陽夏之役，馮河間督師漢皋，李秀山以第六鎮協統隨征，一戰而下漢陽。河間主大舉直搗武昌，秀山泣諫曰：「滿清無道，釀茲巨禍。今天下人心靡不以倒清為職志，即項城或亦不欲保清，且止戈觀變，乞項城示進止。」河間曰：「善哉！子之策。」

馮、李俱見前。

汪頡荀被命為江西省長，以有人排擠未克之官，越半稔而時局變易，無復及之者，乃得之任。瀕行，楊泗州對汪曰：「李秀山以全力驅逐贛軍，勢不可侮，君此去宜和衷共濟，非然者，旦夕且敗矣。」汪唯唯。既受事，山入大陳兵衛，寵信僉壬，群起而攻之，遂褫職。泗州偶對其猶子士元曰：「乃叔不信吾言，今果敗矣。」士元唯唯。

汪、楊俱見前。士元字問叔，汪瑞皋之子，甲午進士。以知縣即用，累保至道員，佐楊士驤幕，一度權長蘆鹽運使。入民國，為河南國稅廳籌備處長，繼為直隸財政廳長，擢財政次長。

章太炎告新聞記者曰：「諸君當不務諂媚，不造誇辭，正色端容，以存天下之直道。」諸人同聲曰：「良箴是式。」

章見前。

趙智庵與某交善，趙歿，某輒向人議論其短長，其子皐聞之不懌，曰：「昔日公與先君情如廉、藺，今骸骨未寒乃出此惡聲，竊為長者不取。」某面赤耳熱，不能置一詞。

趙見前。子皐，肄業南洋陸軍隨營學校。某未詳。

袁項城稱帝，不悟為其子克定所愚弄，親信要人亦多蒙蔽，無以真情上達者。一日，袁在居仁堂接見陸軍總長段祺瑞，極言舉國人民勸進之熱誠，段冷笑曰：「帝制乃人民所疾首痛心，必不容其發現者。勸進之文皆奸人揑造，混淆觀聽。總統倘不及早覺悟，噬臍晚矣。」袁曰：「民意真偽且弗論，君於意云何？」段曰：「廿年恩義，詎忍喪於一旦？固知無不言，亦言無不盡，不忍見總統為眼前罪人，乞宸衷獨斷，毅然取消。」袁傾耳側目以聽之，似不悅。未三日，令罷祺瑞職。

袁、段俱見前。

徐班侯豪於飲，一舉十觴面不易容，諸子嘗婉求弗逾量。一夕，徐連舉數十觴，酣醉擲壺於地曰：「戒酒自今宵始。」諸子大樂。未幾，飲如故。

徐見前。

袁慰廷稱皇帝，改元洪憲，爵封內外百官，康南海箴之曰：「公在先朝為重臣，倒清建共和，自為元首，人猶有諒之者，今竟自為帝，是不忠；公先人在日，知蓄有異志，嘗誡不可存非分之念，今竟自為帝，是不孝；公對往日同僚誓言，既為總統，夙願已償，決無他志，今竟自為帝，是不義；人民憔悴於虐政，膏血已盡，公方吸取財帛以籌辦大典，是不仁。」

袁、康俱見前。

卷五

捷悟

徐花農工詩詞，十分鐘可填詞一闋，一點鐘能為七言詩八章，宜興朱琇甫見之撟舌不下。

徐名琪，浙江杭縣人。□□□翰林，授編修，歷贊善庶子，陟少正詹事，擢內閣學士，外任廣東學政，還朝晉兵部右侍郎。有御史劾其在學政任內袒裼裸裎，共督、撫聽戲，遂落職，已而授三品京堂。著述甚富。朱名寶瑩，江蘇宜興人，戊戌翰林。授編修，林紹年撫豫，奏調充河南高等學校監督，記名以道府用。

陳散原赴友宴會，席間召妓天香閣，乞為撰一聯，陳援筆立題曰：「天壤有情終負爾，香塵揚海渺愁予。」以視諸客，四座驚賞。

陳見前。

近人賦詩之速者當推樊樊山、陳伯嚴、易實甫、趙堯生，詩格各不相同，其速則同。伯嚴遇宴集，於一小時間以七律遍視坐客；堯生與人聯句，占句獨多。

樊、陳、易、趙俱見前。

袁慰廷督北洋，擁兵八鎮，政府懼其權重不易制，欲削其兵柄，又慮諸鎮將解體，適陸軍部尚書鐵寶臣力譖之，乃微示以意，慰廷知機，疏請解除練兵之任，薦鐵自代。政府覽疏大喜，詔准之，未幾召入樞府。

袁、鐵俱見前。

黎宋卿坐鎮江漢，係天下重望，東南諸大將咸傾心向之。項城大恐，召其心腹饒宓僧入京，佯曰：「微聞黃陂行將退隱，有諸？」饒對曰：「黃陂雖倦勤，當不至遽去。」項城曰：「國步方艱，余決不能聽其肥遁自甘。去則同去，隱則偕隱。」宓僧既南歸，密稟黃陂曰：「項城懼公號召天下，不利於己，言外有迫公自退意。公宜趁此時會暫息重肩，不然，禍且不測。」黃陂曰：「子誠機悟，知權奸之用計。」

黎、饒俱見前。

楊樹堂素懼閫威，嘗納二妾，一妾氣焰頗盛，及見嫡各不相下，楊不敢左右袒。一日以事互齟齬，楊怒而出，意頗右夫人，妾大恚，追至客廳，連披其頰。適有客入見，妾見客慚遁，客以窺見隱私，方踧踖無措，楊怡然笑對客曰：「驕縱慣，惡作劇至此，真頑皮也。」客乃渙然冰釋。

楊名善德，安徽懷寧人。畢業北洋武備學校，為小站軍官，累擢至浙江混成協協統，乞病去。入民國，授陸軍中將，任陸軍第四師師長，授松江鎮守使，擢克威將軍、淞滬護軍使，晉上將，為浙江督軍。

項城命馮華甫兼領參謀部，屬入京一行。令下之翌日，華甫將電告北上期，其夫人周道如止之曰：「項城以此為餌，俟君入都必藉端留君主部事而易他人督江表。為君計，宜辭部長，危詞聳項城，謂不可一日離金陵，離則必生變。一身不足惜，如大局何？」華甫頓悟曰：「初不知賢內機警如此。」

馮見前。

夏午詒文思敏捷，嘗為總統府內史。項城以帝制不容於國民，乃欲下罪己令，傳午詒入內面授意旨，午詒即執筆為之，項城語已，俄頃而文就。

夏見前。

王一堂抵吉林巡按使任，前任孟秉初宴於署中，酒酣，出聯屬對曰：「湖北兩段、奉天兩張、吉林兩孟，將軍巡按兩相當，文武同城復同姓。」王率爾對曰：「湘鄉一曾、合肥一李、中州一袁，王道聖功一以貫，英雄有守更有為。」

王見前。按，當時任湖北將軍為段芝貴，巡按使為段書雲，奉天將軍為張錫鑾，巡按使為張元奇，吉林將軍為孟恩遠，巡按使為孟憲彝。

夙慧

張仲仁年七歲能為聯語，十一歲斐然成章，十三歲中副車，有神童之目。

張見前。

范誠齋幼就傅讀書，目數行下，以修脯不給，傭值當其半，故課餘猶須執館中灑掃炊爨之役，而所得倍於他人。年十七，經史大義已朗然。

范見前。

王湘綺九歲能詩文，操筆立就，長老驚曰：「此吾家騏驥。」

王見前。

李文石五歲能作擘窠書，九歲能屬文，十三歲畢群經，一時通人老學斂手驚服。

李名葆恂，直隸易州人。由知縣累保至道員，指分直隸，一時疆吏如張之洞、端方爭羅致之。學問淵博，所著有《擊節集》一卷、《讀畫詩》二卷、《燃犀錄》十卷、《猛庵文略》二卷、《偶園讀書志》二卷、《舊學厂筆記》一卷、《庚癸小草》一卷、《紅藾山館遺詩》一卷、《三邕翠墨遺題跋》四卷。

袁容庵穎悟過人，七歲侍父宦魯，其師導遊大明湖，入鐵公祠，從師問鐵公事蹟，師略語之，袁曰：「是或未詳盡。」師乃述其顛末，袁睹像流涕太息不忍去，師大奇之。

袁見前。

林琴南嘗拈「兩空」二字為詩鐘，限六唱。所親某之子年十一，能詩詞，見之曰：「吾能為。」林曰：「子且試為之。」童子略沉吟，即提筆疾書云：「不住猿聲啼兩岸，但聞人語響空山。」林大驚，為之擱筆。

林見前。

宋芸子八歲能詩，落筆雅潔，見者不知為童稚之作。

宋見前。

江希張甫五齡，博通經史，著《孔子發微》諸書，每談人休咎罔不奇中，群呼為「小神仙」。

江名希張，山東人。楊士驤、孫寶琦先後任魯撫，耳其名，召而面試之，江對答如流，有神童之目。民國六年，馮國璋代總統，特召見之，聘為公府諮議。

易實甫甫三齡，讀《三字經》朗朗上口，五歲能作對，共父佩紳以「雞鳴」使對，實甫曰：「犬吠。」父曰：「『犬吠』再對之。」實甫曰：「猿啼。」曰：「『猿啼』又應作何對？」實甫曰：「鳳舞。」父曰：「『鳳舞』更不可無對。」實甫曰：「龍翔。」佩紳大驚喜，曰：「是兒異日必賢於吾多矣。」

易見前。

丁治平年七歲，識小學韻語，尤能辨印篆，真贋立判。一日，侍母遊西泠印社，憩息仰賢亭，亭有一額曰「長樂無極老復丁」，治平見之笑曰：「丁復老極矣，可惜無長樂。」母聞之不悅，曰：「兒年幼，安得作此不詳語？」及殤，母哀之慟，為文五千言以哭之，曰《曇見錄》。纏綿悲惻，不忍卒讀。

丁名理，浙江杭縣人，丁仁之子。

陶煥卿六歲入塾讀書，過目不忘，博通經史，年十五即為塾師。

陶見前。

馮鼎三年五歲，好解火柴盒改作輪船，惟妙惟肖，鳥獸之屬隨手折成，亦莫不逼真。及長，成飛行大家，實胚胎於此。

馮名如，廣東恩平人。年十二赴美國紐約學習機器，既卒業，靡不通曉，能自出心裁。發明拔水、打樁兩種機器，其最出色者則所製之無線電，能發能收，電碼靈敏，西人咸爭購之，餘詳「巧藝」門。

張薑齋幼時家赤貧，其母令之習縫紉，薑齋意殊不樂而又不敢違慈命，入肆未匝月即辭而出，哭求其母曰：「兒不讀書，毋寧死。」母曰：「讀書良佳，顧無資奈何？」薑齋曰：「毗鄰有一老塾師，從兒請而憫兒誠意，已允不取修金矣。」母曰：「如此甚善。」薑齋既入塾，苦學十年，卒成翰林。

張見前。

清宣統帝溥儀髫齡聰穎，師傅梁鼎芬為講《孟子》王立沼上一章，溥儀問曰：「王立沼上應向何方？」梁未及答，繼曰：「予意惠王當向南立。」梁曰：「何所依據？」曰：「南面稱王，理當然耳。」

溥儀，醇親王載灃之子，嗣穆宗同治兼祧德宗光緒。即位之年甫三齡，既遜位，居乾清宮，師傅陳寶琛、陸潤庠、袁勵準、伊克坦輪流講授，陸歿，梁鼎芬繼之。

高君明年才七歲，莊重類成人，嘗讀小學韻語至「男女異席，七歲別之」二語，其父謂之曰：「兒今已七歲矣，正男女異席時也。」課畢出就母，適諸姑姊妹俱在座，母戲曰：「頃間爾父所講者何語？」君明即起離席，肅然改容曰：「兒偶忘之，以後不複雜女人中共座矣。」

高名塽，江蘇松江人，高燮之子。

豪爽

楊渭叟豪放好飲酒，嘗曰：「酒不可一日不飲，更不可一刻不醉。」

楊見前。

陳劍潭孤寒無恃，客遊南北三十餘年，挾策賣文，干諸侯、抵卿相，喜言經世而盈頭雪刺不名一錢。

陳名澹然，安徽桐城人，舉人。官道員，民國七年以簡任職分江蘇任用。工文詞，著述甚富。

張紹軒嘗為故廣西提督蘇元春從弁，元春畀以巨金，令如滬購辦軍裝。既至，肆意狎遊，未匝月揮霍殆盡，有勸之者曰：「如是放肆，不急逃首級不保矣。」張曰：「此非大丈夫也。」遂還桂林自述不法狀，乞治以軍律。元春奇其才，縱之。

張見前。

吳北山官刑曹，上書指斥國政，尚侍皆大懼，爭過之。吳歎曰：「是戔戔者，乃羈我耶？」明日拂袖去，浪跡江海，揮金結客為豪。

吳見前。

乙巳粵西匪亂，左右兩江諸郡縣蹂躪幾遍，政府以岑西林為將家子，且係桑梓地，遂以桂事屬之。西林即遣部將祖繩武為前驅，而柳州不守，祖自戕死。西林怒，計擒盜魁陸亞發、梁果周，抉其心肝以祭祖，注血於甌中以飲巡撫柯巽庵，柯薄嘗之，西林立飲而盡，兩粵人咸頌其義氣干雲。

岑、柯俱見前。

袁容庵幼時，其叔問其所志，容庵對曰：「願留芳百世，毋遺臭萬年。」

袁見前。

汪精衛、黃立人謀炸清攝政王載灃，事發俱下獄，審判官問汪曰：「同黨共幾人？目的何在？」汪曰：「此乃一人之計策，並無同謀者。」曰：「已獲之黃某非爾之同黨而同謀者耶？必直言無隱，方可望減等治罪。」汪曰：「此人與我初識面，烏能共祕密？彼就縛，不知其所作何事也。」問官復詢黃如前語，黃曰：「此事不涉他人，是我一人之計。」曰：「汪某爾識之否？」黃曰：「某人固識之，道同而不相為謀。」問官不得實而證據確鑿，於是判決二人皆為主犯，永遠監禁，已而並釋之。

汪見前。黃名樹中，廣東人。

沈子培杜門卻掃，擁書自娛。室內積書無空隙，沈日夕仰臥其間，隨手拾覽，對客歎曰：「擁萬卷圖書，勝於據萬里長城。」

沈見前。

清德宗奉安崇陵，梁節庵素衣往送，縱聲大哭，其時在陵諸遺老亦無不流涕，惟趙爾巽無淚，奕劻獨後至，亦無戚容。梁正色厲聲，數其誤國殃民、不忠不敬之罪，奕劻羞慚不敢仰視，沈子封顧梁曰：「公言爽直嚴厲，聞者當無異辭，獨不為奕劻稍存體面耶？」梁曰：「非傾吐不足張其罪。」

梁、沈俱見前。

共和初建，袁項城任唐少川為國務總理，唐舉陳其美為部長，袁以曹汝霖列國務員。章太炎聞之，電袁、唐曰：「京外官僚中非無清剛曉練之士，何取著名鬻國之曹汝霖？發難首功非無穩健智略之人，何取弄兵潢池之陳其美？」袁閱電，語唐曰：「共和偉人，當以此公為最爽直。」

袁、唐、章俱見前。

馮煥章有膂力，喜畋獵。嘗捕得一巨虎，烹與部下共啖之，且啖且笑曰：「肉與諸君共食，皮予一人獨寢。」

馮名玉祥，安徽巢縣人。以陸軍學生積官統領，入民國授陸軍中將，充旅長，已而授湘西鎮守使。素信基督教，馭下有方，日挾《聖經》入營中，對士卒講論不倦。

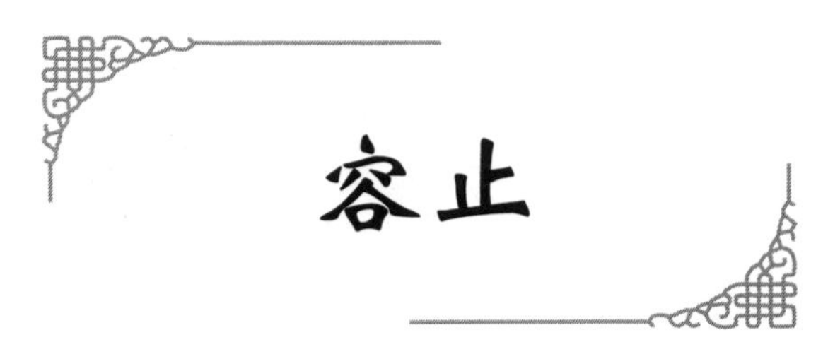

容止

王壬甫童姿鶴髮，飄飄神仙中人。

王見前。

長壽伯清癯微鬚，頎然如玉山屹立。

長見前。

吳昌碩年逾八十而頦下濯濯，望之若五十許人。

吳名俊卿，浙江安吉人。以諸生納粟為縣令，指分江蘇，一度權安東縣知縣，未滿任乞病去。人問之，曰：「吾不善作官，不如及早藏拙也。」

張子志目重瞳，手掌奇大。

張見前。

錢銘伯長身鶴立，年七十而步履矯捷如少年。

錢見前。

張今頗長身赭面，眉目聳異。

張見前。

譚石屏短身叢髯，一食能盡十簋，一飲能舉百觴。

譚見前。

陳簡持容貌秀麗，吳子明曰：「簡持雖不及衛玠、潘岳，自是裴令公一流人物。」

陳名昭常，廣東香山人。甲午翰林，授編修，改官道員，加副都統銜，充延吉邊務督辦，未幾擢授吉林巡撫。入民國，授上將銜，為吉林都督，調廣東民政長。未之任，卒於上海。吳名燾，雲南保山人。丙子翰林，散館授知縣，歷官廣西、直隸知縣，累進吉林提法使。入民國，授津海道尹，擢直隸巡按使。能詩，尤好為詩鐘，著有《味蓼軒詩鐘匯存》。

樊雲門眉宇軒邕，鬚髮未白，望之如四五十許人，而其年已逾古稀。

樊見前。

楊味春襟懷瀟灑，氣度雍容，與人交語肝膽畢露。

楊見前。

宋芝田善導引之術，年古稀顏色若嬰兒。

宋名伯魯，陝西人。翰林，授編修。

高白叔八十不蓄鬚，日與群少年嬉遊。豪於飲，既醉，津津道故事，聲亮如洪鐘，隔室聞之者曰：「甚似白叔說話。」

高名雲麟，浙江杭縣人，舉人。內閣中書。工詩，遇宴好行酒令，思想新奇，四座稱讚。

李梅庵體肥碩，健啖，須臾間能盡蟹三十隻，見者駭異。

李前見。

田韞山形貌駿偉，鬚髯英秀。

田見前。

陳筱石少年時風姿特秀，及老而容色不衰。

陳見前。

袁慰廷軀幹偉碩，髭髯叢密，廣額高顴，睛光射人。

袁見前。

朱古微身材短小，其聲尖亮如集百鳥齊鳴，其言細密若經百日沉思。

朱見前。

徐菊人氣識宏深，精神四溢，做事周密，人呼曰「八面琉璃球」。

徐見前。

岑雲階神儀威武，面大耳長。遇夏日，短衣蕉扇，與客茗談，聲震屋瓦。

岑見前。

楊杏城兩顴插鬢，雙瞳炯炯，瞻視非常，見者悚然。

楊見前。

丁默存態度安詳，出入從不車輿，步行為常。客曰：「何自苦乃爾？」默存曰：「他人走路多便要腳酸，余走路不多亦要腳酸。」

丁見前。

聞老人年一百有三歲，精神步履若少年，嗜酒飲啖逾中人。王海航七秩生日，其子渡乞老人書一「壽」字，時適酒酣，老人染翰直書，運筆如飛。

聞名椿如，浙江嘉興人。王名毓岱，浙江餘杭人，壬寅舉人。居江蘇提學使樊恭煦幕。子度，字梅伯，以諸生充諮議局議員。入民國，被舉為省議員，一度任昌化縣知事。

周少樸貌豐神朗，動止嚴重，世有天官之號、城隍之名。

周見前。

段芝泉狀貌如老儒，鼻傾斜，人嘗戲呼曰「段歪鼻子」。

段見前。

孫慕韓體癯而氣腴，長髯飄飄，置身人叢中如雞群之野鶴。

孫見前。

黎宋卿局度廓落，嘗短衣裁花，或匹馬試槍。有人謂其頦下充實，後福不薄。

黎見前。

汪頡荀丰姿秀美，按察江右，年未三十，輿馬經過巷市，婦女爭前窺其容色。其時歐陽閏生方家居，笑曰：「豫章人又要看煞衛玠矣。」

汪見前。歐陽名霖，江西南昌人，舉人。江南道員。

許雋人短小精幹，口如懸河，滔滔不絕。

許見前。

楊哲子形體不逾中人，有口才，一言既出，四座生風。

楊見前。

李碩遠眉目清秀，英氣逼人。

李名國珍，江西武寧人。留日早稻田政治經濟科畢業，歸國後任豫章法政學校教習。民國為臨時省議員，臨時參議員，眾議院議員。國會解散，與藍公武偕赴德國遊學。既至，歐戰發生，遂返國，被命為政事堂參議，遴教育次長，移農商次長，擢水利局總裁。

丁佛言頎然偉長，紫髯及胸，人呼曰「丁大鬍子」。

丁見前。

熊秉三天姿英絕，氣識豪放，望而知為大器。

熊見前。

顧少川面白如玉，袁項城初見之，對其婦翁唐紹儀曰：「令坦何處人？」曰：「吳人。」袁曰：「吳郡不獨女子美，男子亦佳。」

顧、袁俱見前。

唐蕒賡美豐儀，未冠為軍官，常策騎行通衢，視者爭欲睹其顏色，浮蕩女子尤傾倒備至，幾看煞衛玠。

唐見前。

自新

徐保三亡命揚鎮間，殺人越貨，人群稱之曰「老虎」。聚眾至數萬，日蠢蠢欲動。當道憂之，謀先發而慮其不易制，會徐黨有往來冠蓋間者為巨紳卞氏客，當道授意令說徐。徐聽命，乃謁江督約三事：「一赦罪，二賞官，三收其徒使效用。」江督如約而見之，大加獎勉，薦為參將，使統一軍鎮守江淮。

徐名寶山，江蘇江都人。以參將官統領入民國，授陸軍上將，任江蘇第四師師長，被炸彈斃命。嘗曰：「生平有三畏，一畏母，二畏妾，三畏師爺。」人問之曰：「畏吾母者孝之也，畏吾妾者愛之也，畏吾師爺者敬之也。」

陸干卿率徒眾踞粵西諸山，以劫掠為生，驃悍莫能制。岑雲階督師桂林，遣員與之約，倘願投誠當畀以重任，陸告來使曰：「我為盜本非素志，既有為英雄之機遇，誰不欲捨盜賊而作英雄？為我語制軍，謂榮廷願改過遷善。」將命者歸報，岑大悅。及相見，岑視陸曰：「大好男兒，應為國家效力，予所望於君者至重且大。」遂授游擊，令率大軍剿匪，所向披靡。亂平，薦授右江鎮總兵。

陸名榮廷，廣西南寧人。由游擊超擢右江鎮總兵，移左江鎮，晉廣西提督。入民國，授陸軍中將，為廣西都督，已而晉授耀武上將軍、兩廣巡閱使。

馮麟閣少時不治行檢，嘗在瀋陽間劫掠商旅，某兵備乞病歸，輜重載數車，中途遇盜，馮指揮黨徒將所有擇其精者劫之去，某在後車遙見之，疾呼曰：「君神采煥發，亦復行劫耶？」馮聞聲異甚，亟詣前致敬曰：「小人非樂為盜，實苦不能自立。」某曰：「人患不立志，志高亦何憂不得令名耶？」馮大感動，劫物悉還之，即自首，遂成名將。

馮名德霖，奉天人。歷官至統領。入民國為第二十八師師長，擢旅長，授陸軍中將。

張雨亭少為盜魁，出沒白山黑水間，術士某見之曰：「君貴相，他日功業當無量，是曷可久為也廣張頷之，自縛乞罪。時增子固知新民府，壯其膽識，繫解至瀋陽，請示大府。將軍趙次珊疑其詐，欲懲以儆眾，營務處總辦張金波力爭，曰：「其罪固有應得，既自首，其心必坦白無他，應玉成不可瓦碎。」將軍乃止，且從金波請，授管帶，給兵千人，使馳四境治匪。張感激涕零，忠勇奮發，兵到匪除，官民交誦，遂擢為統領。

張名作霖，奉天遼陽人。由管帶擢統領，晉統副。入民國，授陸軍中將，改任第二十七師師長，擢奉天將軍兼巡按使，改任督軍兼省長，晉上將軍，授東三省巡閱使。增、趙、張俱見前。

王旭九集遊匪，置軍械，以碭山為巢穴，四處為亂。碭山崎嶇險塞，官兵不能登，而其黨則履險如平道，以是相持十餘年，諸官將瞠目相向，無法以擒之。會革命事起，王自請編所部為國軍以剿匪防盜，汴督張馨庵據以入告，袁總統嘉其志，授為陸軍少將。

王名天縱，河南嵩縣人。初授陸軍少將，晉中將，任京師軍警督察長。張名鎮芳，河南項城人，進士。授戶部主事，捐資為道員，分北洋，歷任要差，超擢長蘆鹽運使，晉湖南提法使，未之官，仍留原任。辛亥事起，京畿震動，直隸總督陳夔龍乞退，項城方任內閣總理，徵楊士琦繼任，楊力辭，復徵吳重熹，吳亦不就，遂超擢鎮芳權直督兼北洋大臣。入民國，授河南都督，以剿匪無功褫職查辦，旋任參政院參政。

卷六

企羨

陳鶴柴慕吳君遂清德學業，願執贄門下學詩。吳大喜，語人曰：「猶昌黎之得張籍也。」

陳、吳俱見前。

林亮奇見《石遺室詩話》，對陳衍曰：「尊著獨無二詩人，或不識之耶？」陳曰：「李拔可曾介二客相見，亦為是言，乃夏劍丞、諸貞壯也，互道傾想之意，君所言得無是乎？」林曰：「然。」

林名景行，福建閩縣人，眾議院秘書。李名宣龔，福建閩縣人，舉人。江蘇知縣。夏、諸俱見前。

朱漚尹稅宅金閶，鄭叔向慕其高義，遷與為鄰，以詞相切磋。叔向嘗過朱廬，值漚尹方臥，逕入書齋，手《彊村詞》朗誦。

朱、鄭俱見前。

徐彊齋與袁容庵初不相識，一日，彊齋詣袁宅，昂然入書齋，容庵隔窗遙見一人自外至，神氣爽朗，起身迎之，詢知是淮陽縣館客，遂縱談古今成敗、中西異聞，不知者幾疑素有深情，僕從侍側目睹，以為奇。弢齋辭歸，居停問何之，曰：「聞人言項城有袁世凱，其人英邁之氣咄咄逼人，特往訪之，果一卓絕之士，他日治天下者必斯人。」

徐、袁俱見前。

惲恭孚是毓鼎之子，年少風流，王聘卿見之於席間，驚問曰：「是誰家子弟？」河間曰：「是惲四薇孫之嗣君。」聘卿固抱伯道憂，因歎曰：「吾若有子如此君，王氏家聲當益震矣。」

惲名寶惠，京兆大興人。主事，破格擢授副都統。入民國，為國務院秘書長。王、馮俱見前。

林頌亭與林琴南初未相識，一日投刺於其門，願執贄為弟子，琴南驚曰：「將軍非血戰得天保城而長驅入石頭者耶？」頌亭曰：「不如先生所言，幸勝耳。」琴南曰：「野老不識貴人，將軍之來何取於老朽？」頌亭曰：「請受古文。」琴南曰：「老朽之文烏能名文？將軍不以為劣者，自今日始。」自是頌亭每三日必一至聽講。

林、林俱見前。

黃克強、宋鈍初素昧生平，一日遇於友人家，賓朋滿座，議論風生，獨鈍初向隅而坐，噤不一語，然英爽之氣溢於眉宇。黃私問人曰：「此非宋鈍初乎？」曰：「然。」乃引介相見，抵掌談天下事旁若無人，自是二人往還日密，卒成良友。

黃名興，湖南長沙人。初以諸生就學於兩湖書院，倡民族主義。復遊日本，列名同盟會，實行革命。廣州之役，被槍傷一指。民國成立，授陸軍上將，為南京留守。宋見前。

陳英士、黃秀伯為莫逆交，秀伯嘗過楊泗州所，盛稱英士之才，謂：「其人雖革命激烈派，然通時務、識俊彥，任俠可風。宿慕公道高德修，願事以師禮，敢一言為介，公許之否？」楊笑曰：「老朽不解事，共和元勳奚取焉？」固辭不獲，始允一見而不承為師。越日，英士戎裝入謁，執禮甚恭，互相傾談，盡歡而散。

陳名其美，浙江吳興人。自幼習賈崇德，素有大志。竊肆款逃之日本，習法政，至則入同盟會，備言革命而不諱。辛亥率同道千餘人圍攻江南製造局，被執得解乃免，遂稱上海都督。共和統一，政府任為工商總長，未之官，旋被舉為參議院議員，亦未出席，被暗殺於上海。黃名中慧，江蘇江寧人。以道員分直隸，嘗居長庚幕，授駐美國領事。楊見前。

趙智庵歿後，袁項城實行總統制，張謇庵對項城曰：「斯人倘在，當可於樞府占一席。」項城歎曰：「智庵風度不可復見，甚似鳥之去其羽翼。」

趙、張俱見前。

唐少川有數女，一適楊某，一適張某，一適顧少川。辛亥議和席間，見王儒堂悅之，知尚未有室，語王曰：「余願以女配君。」議將成而其女暴卒，少川哭之慟，更以失一佳婿，悒悒不樂。

唐見前。顧名維鈞，江蘇人。遊學美國，得博士，歸任國務院秘書，調外交部參事，擢墨西哥公使，未之任，調美利堅公使。王名正廷，浙江奉化人。留學美國，得學士，歸國後任湖北外交司長，擢工商次長，權總長，乞退去，被舉為參議院副議長。

傷逝

麥孺博歿，梁任公為詩八首以哭之，復為長詩以祭之，纏綿哀感，淒惋欲絕。

麥名孟華，廣東南海人。與梁任公為總角交，同學於康有為。詩長不錄。

朱芷青方病，得夢，自知必死，貽書梁仲毅託以身後，並與諸朋好訣別，曰：「自問生平無所長，惟富於感情，心光浩然可自信。」仲毅曰：「芷青了然生死之故，非恒人所可及。生有自來，於此益信。」

朱、梁俱見前。

林友蘭提倡教育，百折不回，積瘁之餘，竟以瘵卒。施學詩女士輓以聯云：「先生從瀛海歸來，歷萬苦千辛，始有此桃李成蔭、弦歌盈耳；弱弟在湘中奉贄，歎廿年一瞬，忍重話談經絳帳、問字玄亭。」

林名可培，江蘇崇明人，舉人。日本高等師範畢業，嘗執教鞭於長沙某大學。施見「賢媛」門。

俞恪士歿，沈寐叟以詩悼之，詩云：「食肉石遺廬，見君最後身。病餘意舒泰，氣乃溫溫春。

貞疾恒不死，謂君易占云。吾衰心病乘，或居後來薪。前日座上客，今為松下人。行前大笑樂，豈必非佳因。吾詩不怛化，願君返其真。而吾猶為人，鬼伯詞逡巡。」

俞、沈俱見前。

江寧人為蜀烈士鄒容開追悼大會，章太炎製一聯作擘窠書，懸於場所，文曰：「群盜鼠竊狗偷，死者不瞑目；此地龍蟠虎踞，古人之虛言。」

章見前。

沈小沂與蔡師愚為總角交，沈卒，蔡哭以聯曰：「是縱橫捭闔之才，睥睨到時流，也如太白當年，雅有狂名驚海內；從陵谷變遷而後，淒涼悲故舊，一樣蘭成身世，只餘詞賦動江關。」字字實錄，情文並生。

沈名兆祉，江西南昌人，舉人。積官道員，入民國為總統府內史，外簡江西官礦督辦。蔡名寶善，浙江紹興人。官知縣，人民國為肅政史，旋任江蘇政務廳廳長。

吳佩伯才華英發，為楊杏城佺婿，年未四十而卒，楊哀之曰：「佩伯於社會為名士，於政局為良吏，於吳氏為令子，於楊家為賢婿，竟不幸如顏淵短命，惜哉！」

吳名慈培，雲南保山人。工書，精考校之學。以道員隨東督徐世昌任秘書，已而調北洋任官報局總辦，入民國仍舊職。朱家寶巡按直隸，耳其賢，任為秘書長，薦以道尹存記。楊見前。

瞿子玖貌酷肖清穆宗，朝覲日，孝欽后見之嘗嗚咽曰：「卿與穆宗有虎賁中郎之似，余見卿如見帝，令余悲不自禁。」鼎革時子玖已罷官有年，避亂居海濱，集舊同僚流連觴詠，號稱逸社，馮蒿庵亦與焉。子玖歿，蒿庵哭之甚哀，有語云：「寢寐念周京，逸社詩成，每集逋臣賦鵑血；音容疑穀廟，舊朝夢斷，應追先帝挽龍髯。」

瞿、馮俱見前。

鄭叔問、朱彊村結鄰吳下，日夕相過從，親熱逾於兄弟。鄭病終，幾無以為殮，彊村為文遍告其知交，集資為治喪，撫其遺稿曰：「人亡而物在。」

鄭、朱俱見前。

楊泗州與徐東海交深而志同，徐既任元首，決意以楊任揆席，連詞勸駕，有「捨君其誰」語。時楊方臥病，猶強起覆電云：「病痊當北上。」未旬日而逝，訃至京，東海長慟曰：「江左失夷吾，吾道益孤矣。」

楊、徐俱見前。

康更甡亡命海外，孑特無侶，與妾何旃理形影相對，晨夕共數，舟車偕行，寢食同享，臨水登山，佇月看花，據案則分讀東西之冊，執卷則互問中西之字，寫書畫則較論中西之短長，議政俗則互辯中西之得失，曉床未興則擁報翻譯，夜燈方篝則挾冊低吟，十年如一日。既歸國，何卒於滬，康為文哀之，悱惻動人。

康見前。何另詳「賢媛」門。

林寒碧旅居歇浦，薄暮徒行通衢，猝遇西人汽車撞跌，遽卒。一時與有雅故者。感悼惜之，沈濤園輓詩尤淒惋翔實。

林、沈俱見前。沈詩云：「兆海薦禰生，中郎迎王粲。但自當俊才，何復計長算。體弱未為慮，相孱亦可換。況秉玉立身，懸作鐵幹腕。遊學逾十年，豁然通一旦。派別費調停，朝夕抒論斷。畏道方叱馭，窮險且推按。豈有九衢通，遂或一蹶歎。祚善無主宰，遷流聽浩漫。昨攜推敲詩，要我甲乙竄。出門便長往，訣題僅得半。羸老虛倚望，嫠稚待炊爨。李生（拔可）哀康出，我亦憐嵇鍛。好學今則無，銜冤誰併案。舊稿檢叢殘，老淚蓄日旰。百年亦幾何，惜此團沙散。」

王見前。

王湘綺病篤，自知不起，命兒孫持紙筆陳臥榻，倚枕疾書云：「《春秋》表未成，幸有佳兒傳詩禮；縱橫計不就，空餘高詠滿江山。」書畢溘然長逝，其子立懸諸靈右，愴然流涕曰：「此吾父實錄也。」

蔡松坡起兵滇南，率師攻蜀。既入成都，授四川督軍，乞病去，養痾東瀛，一瞑不視。謝敬虛哭之曰：「魯連仗義，不帝嬴秦，懸知東海乘槎，為逃上賞；武鄉用兵，亦在巴蜀，試按四川遺壘，同歎奇才。」

蔡見前。謝名遠涵，江西興國人。翰林，授編修，擢御史。清末各省諮議局成立，被舉為江西諮議局議長。入民國，為內務次長，兼市政督辦。

惲薇孫精醫術，黃秀伯之父慎之病危，投一劑而癒。鼎革後，憤國事益壞，絕志仕進，以歌自娛。嘗現身舞榭，及卒，秀伯輓之曰：「優孟衣冠遺老恨，歧黃薄石故人情。」

惲名毓鼎，京兆大興人。癸巳翰林，授編修，屢擢至侍讀學士。黃見前。

楊蔚霞兄弟八人，蔚霞行三，其二兄士普、四弟士驤、七弟士銓俱前卒，長兄士燮癸丑歿於津寓，五弟士琦戊午歿於滬邸，蔚霞哭之慟，為十五聯懸於靈右，字字哀惋，語語悲痛。其一云：「生當我後，死在吾先，近來家運迍邅，五樹荊花都委地；誕值春初，病愁秋老，剩有古姿偃蹇，十年松柏枉參天。」更有「那堪對影忽成三」之句，蓋慼慨自身及其六弟士鈞、八弟士驄也。

楊俱見前。士驄字艾青。以諸生納粟為同知，分江北，累保之道員，充清江銅元局總辦，已而調充兩廣官電局總辦，內用郵傳部丞參上行走，充京奉鐵路總辦，擢四品卿，授湖南財政正監理官。入民國，為眾議院議員，任葦蕩營墾務督辦。

王旡生與章秋桐友善，旡生夙病肺，且勞於筆耕，精力漸衰，嘗曰：「亭伯自知不壽而相如無以為生。」及逝，秋桐歎曰：「江南文士又弱一個。」

王名鐘麒，江蘇江都人。學問淹雅，嘗為《民立報》主筆。與章秋桐彌契，因共組織一旬刊曰

《獨立周報》，專談法理，旁及政治，近世有名之雜誌也。著《述庵秘錄》等書。章見前。

梁巨川隱憂國事，久蓄死念。戊午秋，初投身京師淨業湖，無論識與不識咸悼惜之，林琴南輓之曰：「不忍偷生，李懷麓無此勇決；居然蹈海，魯仲連尚屬空言。」蓋湖之西崖一角為李懷麓所營也。

梁名濟，廣西桂林人，舉人。歷官至員外郎，入民國未仕。臨死遺書數萬言，皆以世道人心為念。林見前。

丙辰之役，湯覺頓等議國事於海珠，飲彈而死，時稱三烈士。蔡松坡為是役主將，聞報哭失聲，輓以詞曰：「才如碩果，國如累棋，希合而支持，乃聚而殲絕；君等飲彈，我亦吞炭，與生也廢棄，寧死也芬芳。」未半歲，松坡亦病死。

湯名叡，廣東南海人。能文章，嘗為《國風報》撰著，署名明水。民國四年，任中國銀行總裁。蔡見前。

黃遠生渡大陸，將研求新學術。甫抵美京，慘遭暗殺，其摯友孫少侯聞耗，為聯哀之曰：「故國豈能忘，無奈歸來先鶴化；弋人何所慕，不教寥廓任鴻飛。」遺骸歸國日，弔者咸淚下。

黃名遠庸，江西九江人，癸丑進士。授主事，遊學日本，研精法律、政治諸學。嘗為北京《亞細亞報》主筆，善作新聞論，有一針見血之概。著《清室軼聞》一卷。

湯濟武既下野，以美國為共和先進，渡海考察其政績民俗。已定期返國矣，一日飲於餐館，出門未數武，遇刺客以槍擊之中胸，倒地氣絕。靈櫬抵國日，吊者同聲曰：「一棺戢身，萬事都已。」哀哉！

湯見前。

棲逸

毛實君退隱吳門，齊震巖偶因事如蘇，驅車往訪之，毛見面大哭，齊亦哭，二人哭已互傾積愫，無一語及政事。

毛見前。齊名耀琳，吉林伊通人。乙未翰林，授庶吉士，散館以知縣分直隸，歷任劇缺，擢天津府知府，再擢津海關道，三擢直隸按察使，陟江蘇布政使，晉河南巡撫。入民國，任吉林民政長，移江蘇巡按使，旋改任省長。

章一山杜門息影，其友陳石遺對之曰：「君不忘故主，甚似楊廉夫。」因貽以詩曰：「獨有會稽楊抱遺，淒吟天寶亂離詩。扁舟已就思鱸計，華表應疑化鶴歸。」

章、陳俱見前。

客有詣袁海觀者，於門外遇一長髮叟，御布衣、挾巨碗蹀躞階下，問何為？曰丐耳，索碗視之則精瓷也，問售否？曰：「以此乞食，不願售。」客曰：「與若多金可乎？」曰：「丐捨乞食外不知更有他事業，需多金奚為？」客異之，入以語袁，袁速之入，問姓氏籍貫，叟曰：「大地，逆旅也；萬物，芻狗也，更何里居姓氏可記？公解人，願勿以此下問。」袁方手持鼻煙壺，以援叟，叟亦探囊出壺授袁，視之則乾隆朝御製古月軒壺也，不禁撫然。叟出，袁目送其去，歎曰：「此古之傷心人也。」

袁見前。

馬季立隱居武昌，於菱湖邊買一屋，背山面湖，夏日荷花彌望恍住舟中，晚見隔湖燈火不知其在城中。辛亥兵起，避走京師，意此屋或化灰燼，及返鄂屋舍依然，馬大喜，以詩記慶曰：「牽蘿補屋十年餘，長物全無只破書。烽火已消松鶴在，依然綠蔭舊時居。」

馬名楨榆，廣東順德人，舉人。歷充兩湖書院分校、存古學堂教習、京師大學校教習，治經通《尚書》、《左傳》，能詩。

王石琴貞整寡營，世變所觸益與枘鑿，塊然斗室，日誦班、馬書自娛適。

王見前。

力醫隱幼苦貧，隨父入山拾林中樸樕歸供炊爨，顧有大志，語父曰：「異日若買得此處田園亦頗足樂。」父呵之，後三十年卒輾轉得焉，自是棄官閉戶鄉居，研精歧黃，遂自號「醫隱」。

力名鈞，福建永福人，舉人。農工商部員外郎。

汪笑儂棄官而為優，自號「伶隱」。初以明經膺鄉選，大挑用知縣，挾資走京師置一妾，不知其為皇室女也。事聞於諫垣，御史聯名疏劾之，例當處死刑，家奴私請曰：「其無救乎？」汪曰：「救可為，惟必有任其罪者乃得耳。」奴曰：「能全主人命，奴萬死不辭。」汪知其誠，乃出巨資賄朝貴，坐奴買獻罪而汪僅以失察褫職免。既為伶，終身不演《莫成替死》諸悲劇，蓋感奴之以義喪其軀而深傷之也。

汪見前。

廉惠卿絕志仕進，嘗住宿山巔，讀書巖谷，枕白石、濯清泉為樂。

廉名泉，江蘇無錫人，進士。官部曹，藏書畫甚富，於京師、上海、西湖建樓閣，皆曰小萬柳堂。

吳子修掩關高臥，理亂不聞，嘗懸一紙於書齋曰：「不談政事，不接官吏。」

吳見前。

歐陽竟無精通內典，諳習梵行，足跡所至，暢論佛理，深入人心。楊仁山居士逝世後，海內言佛事者當推竟無自修最勤。

歐陽名漸，江西宜黃人。

八指頭陀披薙為沙彌，主持天潼寺。歲壬子，有人以計謀寺產，乃親詣京師訴諸當局，為勢所格阻不得直，憤而垂淚，遽然示寂。先數日，晨起聞鴉聲，感而賦詩，有句云：「滅余鉢中食，息彼人中爭。我身尚不有，身外復何營？」是蓋絕筆也。

八指頭陀曰寄禪，湖南長沙人。

左子厲性高潔，國變後棄官隱滬濱，擁書高眠，鬻字贍家。客問之曰：「共和政體無事二姓之嫌，諸遺老多彈冠相慶，公獨堅臥不起，何耶？」左曰：「從政之念早泯，干世之心已絕。」

左名孝同，湖南湘陰人，左宗棠季子，壬子欽賜舉人。以道員指分浙江，累官江蘇按察使，權布政使。

林畏廬頗勵名節，徐又錚推重其文才，為段合肥言，合肥即聘為顧問，畏廬謝曰：「在昔嘗宣言願以孝廉終，今猶斯志也。」

林、徐、段俱見前。

岑盛之年已古稀，徜徉山水間，吟古人詩以取樂。客有詢以時事者，若不知兩漢無論魏晉，一孤憤奇特之人也。

岑見前。

李梅孫閉戶侍母，不問世事，自號曰「梅道人」。客笑謂之曰：「君可與海上之清道人、潛道人鼎足而三矣。」梅孫答曰：「與世無爭，或足比擬梅庵、病山，以論才學，弗如遠甚。」

李名鵬飛，浙江杭縣人。己丑翰林，授庶吉士，散館以知縣即用，授江蘇昭文縣知縣。

姚橫溪息影敝廬，蕭然有物外之志。友人以書促赴官，姚以詩答之云：「江雨翠煙間種菜，青溪黃帽老耽書。」

姚名旭明，安徽桐城人，舉人。授陝西鳳縣知縣，移寧羌州知州，擢四川知府。

賢媛

王恩紱之繼母沈氏性慈藹，待人以恕，不宿舊怨。同居有從姊嫁富室，以沈氏貧，不相過從者十餘載，晚歲沈氏家日昌，始一來相持而泣，且隱親之曰：「吾姊妹均老矣。」後姊子以事陷獄，適次子縉知縣事，屬善視之曰：「無為吾姊憂。」其盛德不較如此。

沈氏名未詳，浙江紹興人，山陰宿儒沈竹山先生之長女。

施學詩侍父宦遊大江南北，所過名山大川都發為詩歌。其夫蔡南平盡瘁國事，憂憤而卒，施撫讀遺著悲不自勝，作悼夫詩三十首，哀豔欲絕。

施名淑儀，江蘇崇明人。

王淑貞能詩文，其夫死於槍煙彈雨中，聞耗夷然不哭，閉戶營營檢詩稿聚而焚之，焚已笑曰：「吾夫生平未嘗親筆墨，乃凜然明大義，吾捨死無他計，留此遺墨又奚為者？人果可傳，何必以詩？詩若不佳，轉取憎於人，反足以掩吾真，不如燼之為快。」雉經而死。

王名淑貞，直隸保定人。

何景秋待人溫厚而尤篤於所親，乃父攖肺疾，景秋侍病纖微必至，逮見父終不能起，乃陰到股肉雜藥餅以進，未嘗與人一言及此事也。越日其祖母猝見之，驚為疽發，逼視而窮詰之，始吐其實。

何名愛文，江蘇松江人。肄業欽明女子高等科。

何栴理與其夫康南海居日本須磨，日以種花、畜魚為事，陟松徑、臨荷池，行吟為樂。嘗遊東京上野、西京嵐山，觀瀑於箕面，觀櫻於吉野，覽紅葉於霜底，眠夜雪於日光。康染病，何手治湯藥，調肉汁，晝夜看護，辛勤勞瘁，無復人形，怡然不以為苦。

何名金蘭，直隸開平人。父勝芳，僑美為商。金蘭性慧，知書能詩，善繪事，集中西法畫牡丹、海棠、玫瑰奕奕有神，著色生動。通西語，康遊英、德、法、奧、瑞士、比利時、丹麥、墨西哥、美、日十國莫不從焉，治裝對客，惟其是賴。

張氏為寧波李厚祺之母，以賢淑稱。諸子營業於滬市，皆請命而行，未嘗有敗。有以販奴為業者，出賤價買得五百人將鬻之海外，登航待發矣。張氏聞之立使諸子營救，不及，乃集鄉人於四明公所議捐巨資贖之，於是得歸者四百餘人，識者贊其風義。

張名未詳，浙江鄞縣人。

賈容淑溫謙淑善，翁卒哭甚慟。燕人處喪，柩殯後，不當服齊衰者皆必去其蒙履白布，習為俗。翁甫就殯，其家人多往婦居去布者，布絮縷縷盈地上，容淑方積勞患肺炎，力扶床整掃，不以屑意。居嘗善諷其夫曰：「但勿縱為不肖，絀辱無害也。」

賈名容淑，京兆宛平人。卒之日，宗族戚黨交稱曰：「惜哉！此賢婦。」

朱德儂是朱六詔之仲女，歸獻縣張杖一。杖一有書癖，婦輒納其宿蓄應之，盡乃馳書歸假諸兄，未嘗有違意。杖一偶過行，即溫容婉誡。

朱名德儂，直隸灤縣人。能為文，書亦秀潔。甲寅以疾卒，時年二十。

徐仁慧和順慈惠，得父母歡，適同里周氏。壬子津保兵變，周為亂兵所戕，仁慧聞信誓以身殉，扶病起，作家書抵父，以刃刎脰而死。

徐名仁慧，江蘇宜興人。上海育賢女學畢業生，任山西女子師範學校算學手工教習。

陸豔秋天資穎慧，針黹文墨靡一不工。天性尤孝，母病劇，嘗中夜起搏顙禱天，刲臠和湯以進，時年才十三。

陸名文偉，江蘇人。肄業某學校，年二十四出閣，逾年而卒。

沈壽繡工之名馳騁中外，所繡義大利國君后肖像嘗運赴羅馬賽會，得世界至榮譽之卓絕獎。政府以像贈意后，后嘉納，還贈繡者以自佩之鑽石錶一事，錶嵌其國皇家徽章，得之至不易，一時遐邇以為殊榮。

沈名壽，適余兆熊，平日嘗稱「余沈壽」，江蘇吳縣人。

薛錦琴生而穎異，方十三齡，會美政府頒行限制華僑苛例，海上志士開演說會於張園，至者逾千人，錦琴登臺演說，如懸河瀉水滔滔不絕，慷慨激昂，聲淚俱下，聽者無不動容，相顧曰：「奇女子，奇女子！」

薛名錦琴，江蘇上海人。留美大學畢業。

吳芝瑛夙耽禪悅，發願宏大，手鈔《楞嚴經》全部十卷，書法秀絕，不亞衛夫人簪花格。始欲於西湖北高峰造十三級浮圖以貯之，謂五百年後必有知者，然不果而止。

吳名芝瑛，安徽桐城人，適無錫廉泉。

徐寄塵與秋瑾為同盟姊妹，秋死逾六月，風雪渡錢塘江，乘夜炬入文種山探得其柩，舁之西湖岳王墳側葬焉，因是幾遭不測，天下誦其風義。

徐名自華，浙江崇德人，自號「纖慧詞人」。工詩文詞，著有《聽竹樓詩》、《懺慧詞》。

繆素筠善篆隸書，尤工畫。孝欽后奇賞之，召入宮中供奉繪事，參承禁闥，入陪清宴、出侍宸遊垂二十年，內監稱之曰「繆先生」。

繆名嘉蕙，雲南昆明人，歸陳氏。早孀，有供奉畫稿一巨卷。

華秀芬能詩，有《庚子落葉詞》十二首，摹玉溪之研辭，繼謝家之哀誄，一時膾炙人口。

華名金婉，湖南長沙人，曾廣鈞之媵。

徐新華夙承家學，文筆斐然，守貞不字，有北宮嬰兒子風。以侍母病憂勞成疾，母癒竟不起。

徐名新華，浙江杭縣人，徐珂之女。著有《彤芬館筆記》。

施學詩姊妹俱穎慧過人，其父嘗以「橄欖爽口脆」命對，學詩曰：「梅子濺牙酸。」其妹隨曰：「甘蔗老頭甜。」父激賞不已。

施見前。

吳弱男為北山之女，留學歐洲，研精中西文字，適長沙章士釗。章為當世名碩，而英文學識頗得其內助之功。

吳名弱男，安徽盧江人。

梁藝蘅以詞名，嘗有《詞選》之作，博視竹垞《詞綜》而無其浩瀚，精視皋文《詞選》而矯其嚴苛，繁簡斟酌，具見苦心。

梁名令嫻，廣東新會人，梁啟超之女。著有《藝蘅館選詞》。

魯蓮貞婉淑敬孝，事姑曲順，彌得歡心。姑病足，治久弗瘳，腐腋沾纏帶，女士汲井取浣，日夕累易，手皴膚裂，不以為苦。姑歎曰：「吾無女而有此媳，亦何異有女？」

魯名蓮貞，江西黎川人，適同里陳叔彝。居恒勤儉自矢，雖有病莫肯醫藥。與人無忤，有人求貸者，不足則檢篋珥立與之。

術解

楊惺吾著書滿家，矻矻窮年，惟恐壽之不足。其友陳石遺精子平法，乞推算，陳曰：「君可登耄耋之年。」楊大喜，而其言果驗。

楊、陳俱見前。

徐彬亭簡靜直率，善相術，以八卦推演，理解精透，一時無兩，凡經其一言而定者多奇中，自公卿至庶人靡不樂與之遊。

徐名文丞，山東莒縣人。以佐貳官北洋，與趙秉鈞並稱二典史，時趙尚未達也。入民國，為山東軍事執法處長。

楊渭叟善相術，鑒別無一爽者。其西席胡改庵年少積學，風度凝重，楊對之曰：「君年逾三十必可躋監司。」胡固一白丁，轉瞬間何從驟得達官？殊以為戲言，未嘗介懷。歲辛亥，大局鼎沸，楊告胡曰：「鄂當道方延攬人才，君鄂人，盍去自投，時機不可失。」胡唯唯，溯江如武昌向招賢館報名自薦，黎黃陂傳見之，胡慷慨縱論天下事，頗中肯棨，黃陂奇其才，遂延入幕，薦授湖北外交司長。胡喜曰：「渭老之言，神驗如此。」

楊見前。胡名朝宗，湖北黃陂人。初肄業南京格致書院，旋留學日本慶應大學，歸國後鬱鬱不得志。民國成立，任湖北都督府秘書，授湖北外交司長，改任外交部特派湖北交涉員。

陸朗齋為軍政執法處長，濫殺無辜，年以千百人計，有「屠戶」之稱。某相士曰：「天有不測風雲，人有一定果報，朗齋將來必遭慘死。」聞者未遽信，及被戮於天津，僉稱相士之神明、因果之可畏。

陸見前。

趙芝珊奉使宣撫江西，道經金陵，耳術士釣金鼇名，喬裝賈人狀訪之，偽言執事錢莊，問以前程。釣金鼇半晌曰：「公曾膺疆寄，現復被大任，所謂賈人者偽也。」芝珊曰：「余實為商而非官。」釣金鼇曰：「公固文人而任武職。」芝珊曰：「何所見而云然？」曰：「公以先朝翰林任民國都督，倘以吾信口雌黃，可□去其眸子。」芝珊大奇之，遂吐實，挈之京師為鼓吹於冠蓋間，一時營業大盛。

趙見前。釣金鼇姓名未詳，江蘇人。

歐陽平齋研精卜筮命相諸學，懸簾長安，嘗曰：「余胸有所見必盡情傾吐，人情好褒而惡貶，雅不欲作違心之論。」張勳臣未任方面時，其幕客有識平齋者，示以張造，平齋曰：「此人必膺專閫，為期當不出明年。」幕客大喜，亟報張，張樂不可支。次年督湘之命下，喜對幕客曰：「昨歲為余算命者為我召之來。」平齋抵湘，授督署參謀。

歐陽名熙，四川成都人。廣東知府。張名敬堯，安徽霍邱人。起家行伍，歷官至第六鎮管帶。入民國，改任第六師營長，陟團長，充江西衛戍司令官，擢旅長，晉第七師師長，授陸軍中將兼豫晉蘇皖四省剿匪督辦，旋授湖南督軍兼省長。

張南通在農商部長任，得家報云其兄病危，時部務繁冗不可一日離，而歸心似箭，寢饋不安，躊躇未決，乃問卜於某士。某士曰：「令兄三日內恐不起，公速歸或可相見，遲則莫及矣。」南通倉皇束裝行，抵家未一時而兄乃氣絕。

張見前。某未詳。

鍾非園既掛冠，賣卜燕市，孫雨蕉任祥符令，非園方觀察汴中，過從無虛日，別後久不相見矣。一日，二人遇於途，孫問曰：「君別來無恙耶？」非園曰：「以卜糊口。」孫詫曰：「若何自苦乃爾？不材新得一官，盍為我幫忙去。」非園曰：「測字推命已成習慣，一入官衙轉不自安，非所以愛公而自愛也。」

鍾名雲鵠，京兆人。以道員指分河南，屢管局務，已而江北提督王英楷調之清江，任為江北巡警總辦。孫名多祺，安徽壽縣人。以知縣官河南，除祥符令，累保至道員。入民國，為江蘇豐縣知事，擢鳳陽關監督。

朱理叟精相術，所言百不失一。汪頡荀被命長江西民政，抵南昌將受事，諸師旅以武力及之，汪懼，問計於叟。叟曰：「睹公神采，今尚非其時，且禍在眉睫，宜速行。俟秋深氣爽，余當迎公於滕王閣上也。」汪乍信乍疑，卒離豫章。自此消聲逾半載，及九月安然履任，汪歎曰：「理叟其神乎。」

朱名未詳，江西南昌人。饒於財，棄仕而商。汪見前。

吳自堂是段合肥內弟，自堂素好讀子平書，都市有亞康節者頗研通是道，遂驅車訪之。初以合肥造令推算，亞康節曰：「此人一月間當出秉國鈞，豈段合肥耶？」自堂大駭，疑其先知之，復詢以後事，曰：「不能久於其位，無他害。」更示以己造，亞康節推畢，長揖曰：「公眼前必膺重任，倘不以穢賤無識而予以啖飯地，沒齒不忘。」未幾，自堂統軍駐鄂南，檄之為宜昌縣知事。

吳名光新，安徽合肥人。由陸軍學生累官至統帶，入民國，歷官旅長，擢師長，晉湖南督軍兼省長，軍事方興，未能之任。亞康節未詳。

趙似升為周頓公次妻，賢淑多才，頓公頗資為內助。嘗笑謂似升曰：「吾二人分則夫妻，恩則父子，誼則兄弟，同心則朋友。」似升亦笑曰：「猶不止此，服役則婢僕，遣悶則清客耳。」年才二十二而歿，頓公哭之慟，作詩文哀之，集為長生冊，淒惋動人。

趙名鳳，江蘇淮安人。周見前。

卷七

巧藝

李猛庵家富收藏，鑒別金石書畫獨具精解。端方通雅好士，收置彝器、瓌物、絹素、舊跡甲天下，猛庵前後為題跋三十餘篇，端嘗歎曰：「錢竹汀後一人也。」

李見前。

章曼仙居京師，與知交創古樂會，古琴古瑟操縵鏗然，常在雲山別墅危樓上吹笙，自下聽之恍有天半仙人之想。

章名華，湖南湘鄉人。

蔣克莊善畫蟲魚花鳥，栩栩欲活，山水尤勝，尺幅千里。日有所遇，信手傳之，自然逼肖。

蔣見前。

魏銕三俶儻多才藝，善擊刺，矯健過人，書法似北魏名家。遨遊四方，以文史書翰自娛，人稱之為傅修期一流人物。

魏名戫，浙江紹興人，舉人。

姚芫父覃研書畫，於金石、碑版乃至詞曲、傳奇、聲律、俗樂靡所勿曉。嘗與人披襟劇談，述崑弋及戲曲之源流，上溯經典，旁稽稗史，如數家珍，滔滔不倦。

姚見前。

閩僧學信棄儒而釋，杯渡錢塘三十年，築煙霞洞於湖山，精烹飪之術。俞恪士遊杭，飯於洞中，學信指揮徒眾治伊蒲饌，自齊五味之和，山蔬野蔌逾於肥甘，俞贈詩云：「老僧不說佛，清與山同癯。了知眾生性，料理食與居。精神到鹽豉，土木神功俱。」

學信姓名未詳，福建興化人。俞見前。

符鐵年書畫、篆刻皆入古人之室，張仲仁曰：「可稱三絕，篆、隸、真、行各體兼工，意境特勝，一絕；畫有八大、石濤之蒼逸，氣極深厚，二絕；篆刻能不離漢人矩薙，三絕。」

符名鑄，湖南衡陽人。張見前。

楊鄰蘇工四體書，壬子避亂申江，鬻書自給，求書者紙日數束，顧精力過人，朝夕伸紙揮毫無惰容，必使案無餘紙而後已。日本人爭以重金購之，歸以誇示其國人，歲入逾萬金。

楊見前。

詹眷誠留學美國十年，研精土木工程諸學。嘗為京張鐵路總工程師，此路自京師達張家口，經居庸關，逾巴達嶺，蜿蜒千餘里，鑿山通軌，工極艱巨。詹獨任之，四年而成，中外驚歎，目為人傑。

詹名天佑，廣東南海人。幼時穎敏，落落有大志。年十二赴美國，入威士哈吩小學，既卒業，考入耶魯大學，習鐵路及各工程科。光緒七年返國，派往福州船政學校練習駕駛，翌年畢業，任為母校教習，授工科進士。歷充京張、京綏兩鐵路總工程師，漢粵川鐵路總工程師，擢會辦，再擢督辦。民國八年五月，卒於任。易簀時猶諄諄以國事為念，口授三策上呈政府，一謂中國工程師學會為中等實業所基，宜繼續辦理。展而揚之，以收閎效；一謂管理俄路代表之職宜慎選通才，俾與協約國各員駸靳揚鑣，爭國光而杜口實；一謂漢粵川路事往年曾上有就款計工之策，今幸武長一段業已通車，而衡彬路工亟宜趁三國銀行團要求取消德國權利之機速定計畫，以促進行，免大利之拋荒，致中樞之隔絕云云。卒之日，中外人士聞之，莫不為天佑未竟其才惜，更為中國工程界失此泰斗惜。

顧曉舟發明八卦形之新字，援古證今，殫精竭慮。論者謂其字有八奇、六利，固中華之奇士，亦羅馬之畏友。

顧名憲成，江蘇松江人。

陸武鳴負異才，會德國某少將遊桂林，提督蘇元春設宴款之，適天空群雁飛鳴，少將突出手槍擊之，殪雁二，已而要蘇為之，蘇忸怩有難色，陸越次起言：「願代主將勞。」蘇許可，乃舉槍仰視，見雁去已遠，自後遙擊，發無不中，雁紛紛墜地。諸鎮將大驚，少將尤欽服。

陸見前。

張遜先、汪淵若、高邕之、吳倉碩並鬻書海上，一時有藝術界四大金剛之目。

張名祖翼，安徽桐城人。拔貢，歷官至知府。汪名洵，江蘇武進人。翰林院編修。高名邕，浙江杭縣人。吳見前。

溥倫、溥侗兄弟都精音律，崑弋皮黃靡不能之，每粉墨登場，識者稱「難兄難弟」。

溥倫、溥侗，清宣宗之曾孫。溥倫封貝子，授農工商部尚書，已而兼資政院總裁。入民國，授參政院參政，擢院長。浦倜封將軍，授副都統。

吳缶廬精書畫，研篆刻，耄年尚日夕握管操刀以應人之請求，見者以為具龍馬精神。

吳見前。

王病山精歧黃，乙卯懸壺海上，病者雖困篤垂危之疾，而信手拈藥，無不立奏奇功，沈痾若失。有《鬻醫篇》五古詩之作，海內傳誦。

王見前。《鬻醫篇》詩文甚長，有句云：「吾生匪此業，慨然思古初。事親始弋獵，問途無扁盧。耽之二十載，醨啜糟是餔。竄居江海上，抱疾稍爬梳。時或有徵契，不能以詞攄。小試輒博效，親故乃交譽。真際吾自知，溢美良不慮。遽詳活人術，勉以供世需。方今醇化絕，毒癘彌扶輿。無量眾生病，癖瘶莫能蘇。偷世鳴一藝，亦已愧非夫。昔者入神詣，其授由紫虛。不然長桑君，過之客舍居。違此而計獲，無非蠹簡餘。未足思韓康，恐辱君平徒。徘徊遲又久，口納足趑趄。翻然計忽改，自解亦自誣。」

李梅庵精研六書，兩漢六朝無不摹擬，於雲峰石刻四十二種尤逼肖。居海上，貧不能給朝夕，乃鬻書自活，有句云：「欲為賈，苦無資。欲為農，家無半畝地，力又不任也。不得已鬻書作業，然不能追時好以取資，又不欲賤賈以趨利。世有真愛吾書者，將不愛其金，請如其值以償。」

李見前。

馮鼎三發明飛機模型，組公司、建廠肆於美國之紐約。第一次造成一機，試驗無效，第二次改造，試驗復無效，第三次又復無效，第四次至六次更都無效。鼎三大戚曰：「倘不成，無面目見江東父老。」益苦心研求，偶見一鷹翱翔空際，兩翼伸張，躍然曰：「機不靈動，當是無翼。」乃亟製兩翼置左右，試之大驗，自是飛行多次，聲譽鵲起。既歸國，未獲大用，一日試演於廣州，凌空而上，高約千尺，風狂力猛，全機墜落地下，鼎三與機俱瓦碎。

馮見前。其在美國練習機器學十年，製造飛行機七年，迨返國，竟不能保全其軀，惜哉！

陳師曾多才藝，尤擅繪事，融貫中西，落筆獨闢蹊徑，往往超出尋常意表，別饒奇趣。

陳名衡恪，江西義寧人。教育部編纂，陳三立之子。

曾季子與李梅庵齊名，顧所書有同有不同。季子善學《鶴銘》、《般若》，于夏承《華山》、右軍《大令》尤三致意。梅庵於時賢書不輕置可否，獨稱季子之書有晉人神韻。

曾名熙，湖南衡陽人，進士。授主事。

鄭蘇戡自少工書，兼有柳黃之長，神氣骨肉都備。中歲以後驟變而為瘦削，骨存而肉去。晚年率意塗寫，而索書者仍絡繹其門。

鄭見前。

龐萊臣家故饒裕，收藏甲天下，遇名蹟不惜巨金羅致之，戴文節手澤多至十二軸。遍覽古今名畫，窮其奧妙，心領神會，下筆至有生氣，時稱大家焉。

龐名元濟，浙江吳興人，舉人。特旨以四品京堂用，晉三品京堂，著有《書畫錄》數十卷。

沈寐叟書有晉唐人風，世稱第一流。顧惜墨如金，不輕易執筆，而求書者日益多，寐叟笑曰：「余老且衰矣，不及此時奮筆作書，恐他日欲舉腕而不能。」於是榜潤格於門以求售。

沈見前。

何詩孫以畫名於時，最擅山水，清越可步南田，秀潤不減醇士，世人爭得其尺楮片縑而寶之。

何名維樸，湖南道縣人，舉人。以知府指分江蘇，充上海浚浦局總辦。循資應得實缺，兩江總督張人駿先以書達意，謂將請補揚州守，維樸覆書謝曰：「衰老不勝繁劇，制軍倘憐其貧病，敢請以此局相終始。」人駿許之。

趙聲伯之書深得褚遂良筆法，其書楊士琦墓誌銘，盡力求工，秀豔為生平冠。孫蔭亭見之曰：「睹此君書，幾疑河南尚在人間。」

趙名世馬，江西南豐人，舉人，內閣中書。孫見前。

汪鷗客童年嘗以寸紙作山水或人物花鳥，所擬無不肖，其父兄於几案間見之大驚，問誰作？鷗客曰：「吾偶戲為之耳。」父兄大喜，獎勉備至。及長，日與畫師遊，縱覽古名賢畫冊，靈心善運，蔚成大家。

汪名洛年，浙江杭縣人，舉人。

蘇子谷工繪事，神采秀逸。李印泉印其遺畫二十幀，趙石禪綴以詩云：「狂僧已怛化，留跡動淒惻。破碎寫江山，是淚還是墨。」

蘇名元瑛，廣東南海人。父商於日本，娶日本女而生元瑛，鄉人以其異類，群擯斥之。父死歸日本，元瑛貧困為沙門，不能作佛事，復還俗，稍與士大夫遊，猶時時著沙門衣。著有《梵文典》，能小說，世所傳《斷鴻零雁記》膾炙人口。李、趙俱見前。

當代弈手有才難之歎，如徐子靜、沈雨人、楊杏城、段芝泉駿良父子、顧水如、俞恪士、林貽書、康長素、何辛叔諸人，皆以善弈播名海內，其中當以徐子靜為首屈一指。

徐名致靖，京兆大興人。乙丑翰林，授編修，累官至侍讀學士。戊戌主張變法，超擢禮部右侍郎，事敗，革職永不敘用，繫獄待罪。旋釋，出家於杭州，日集名流對弈於佑聖觀，民國四年卒。沈、楊、段俱見前。段名駿良，安徽合肥人。顧名思浩，江蘇吳縣人。俞見前。林名開謨，福建長樂人。乙未翰林，授編修，特旨以道員署江西提學使。既抵任，兩權布政使，未幾開缺，以道員交兩江總督差遣。入民國，未仕。康見前。何名積煒，湖南道縣人，子貞之孫、詩孫之子。

楊惺吾善鑒金石書畫，一經鑒定，評品極為精審。與李文石屹為南北兩大家，端方有所得，非請二人鑒別不自信。

楊、李俱見前。

丁仲祜博學敏求，著述等身，尤研精歧黃。以宿患肺病，於斯疾加意考求，探頤索隱，至有心得。其擬方用藥斬釘截鐵，視他人為神速，今之良士兼良醫也。

丁名福保，江蘇無錫人。精算術，嘗執教鞭於京師譯學館，又嘗為文明書局編譯。輯有《歷代詩話》、《清代詩話》、《醫學叢書》、《文學叢書》、《進德叢書》等書。

伊峻齋紹承家學，素工四體，其所臨諸帖以長垣本《華山碑》、北宋本《多寶塔》為最，隸書酷肖其先德墨卿太守。

伊名立勳，福建汀縣人。官江蘇陽湖縣知縣。鼎革後鬻書海上，歲入甚豐。

沈泊塵善寫生，鉛筆速寫畫尤精絕。偶作諧畫，繫以短詞，描奸狀邪，可稱雙妙。

沈名泊塵，浙江桐鄉人。

王一亭能畫，以佛像為佳，人物亦酷肖。嘗繪《災民圖》、《煙犯圖》，窮形盡相。其寫羅漢諸佛得崔青蚓之筆法，字亦蒼古。

王名震，江蘇上海人。

楊潤川精音律，中西諸樂靡一不能之，極手揮之妙，聽之者僉曰希世之雅聲。

楊名毓瑩，安徽泗縣人，士燮第六子，出繼為士琦長子。畢業山東高等學校，以知府授紐約領事官，任滿還國，已而仍任駐紐約領事，再任滿歸國，遷北婆羅洲總領事。

王正如生而目盲，性好音律，箏笆簫管之屬無不精妙，尤工三弦。冥心渺慮，體物肖聲，自曲本、雜劇、鐃歌、軍樂及萬物聲音之不可以口舌傳者，莫不揣其性情，窮其微妙，意有所會，悉於弦間傳之，聽之者忘其為三弦也。

王見前。

于嘯仙精雕刻，極鬼斧神工之能事。樊樊山為《紅牡丹》詩十首，嘯天盡刻於扇骨上，鋟竹如紙，使刀如筆。樊山稱其技，謂雖盧眉娘之繡帶、武二風子之竹箸莫能尚也。

于名未詳，江蘇江都人。樊見前。

袁豹岑性曠達，沉酣歌韻。嘗現身京滬舞榭，每歌，於發聲、咬字、運氣、調味靡一不佳，觀者皆歎異。

袁名克文，河南項城人，世凱次子。能詩文，字亦蒼秀。世凱歿，移家海上，署名「寒雲」，鬻書並小說自活。

寵禮

張小帆自閩藩調任四川，入蜀日總督岑雲階出迎於郊，笑執張臂曰：「吾非迎藩司，迎小帆也。」張曰：「何以克當。」

張、岑俱見前。

錢銘伯備兵安襄鄖荊時，曹根孫方抵襄陽守任。故事，知府入境，應先禮謁道臺。曹甫至，銘伯命弁從備輿馬，將往會之，一弁稟曰：「太守乃觀察屬官，大人胡不俟曹郡尊上謁後而返拜之？」錢曰：「余與曹公昔年契好，安問儀節！」

錢、曹俱見前。

沈幼嵐自雲南按察使入覲，欲圖大用，夤緣奕劻之門，屢求見被拒。其鄉人某御史笑語沈曰：「奕劻之門不難進，然非巨賄莫辦。」沈大悟，以二萬銀券親授閽者曰：「是戔戔者，聊為王爺果餌之需。」閽者入報，奕劻利其多金，出迎於中門，沈且喜且驚。既坐談，奕劻大誇其累官政績，及辭，復送諸門外。沈尤駭，對人曰：「金錢魔力若是其巨耶？」未浹日，詔擢雲南布政使，奕劻力薦也。

沈名秉堃，湖南長沙人。以知縣聽鼓四川，歷任江安成都縣知縣，擢成都府知府，再擢雲南迤東道，三擢雲南按察使，晉布政使，護雲貴總督，授廣西巡撫。辛亥軍興，起兵桂林，稱北伐總司令，結納民黨。黃興抵京見項城，力薦其才堪大用，遂授浦口商埠督辦。

魏午莊罷官鄉居，不問時政者垂二十餘年。某中將投刺請謁延入，午莊方臨盆濯足，不一言。事畢，曰：「將軍頸項間血斑累累，殆百戰之傷痕耶？」曰：「然，安敢謂百戰。」尚欲有語，閽者報客至，視刺，王益吾也，午莊赤足不及穿襪，倒屣出迎，攜手入室，歡談而別。從者笑曰：「新將軍不如舊翰林。」

魏名光燾，湖南邵陽人。隸左宗棠部下，累官至道員，超擢陝西巡撫，陟雲貴總督，移兩江總督，再移閩浙總督，未幾罷去。辛亥起為湖廣總督，未及之官。王見前。

增子固自直藩擢浙撫，既受事，嘉興府知府楊味春循例詣謁。遞手版，增卻還，啟中門奏鼓樂出迎於大堂之外，坐定，楊曰：「辱承隆禮，愧不敢當。今且拜而受之，嗣後應在官言官，毋令知府五內不安也。」增曰：「令弟蓮帥，吾師也，師之兄理應尊敬。公必執官場儀節相繩，又何敢重違雅意？以往自應免去縟節繁文。」

增、楊俱見前。

屠新之謁楊左丞於私邸，是日客滿座，泰半達官，楊過目不平視，獨長揖屠曰：「數年不見，君白髯盈尺，余髮亦蒼蒼矣。」傾談良久，客紛紛散去，屠出，楊送諸門外，既登車，猶拱手者再。

屠名作倫，京兆宛平人。授江寧南浦通判，民國以縣知事分發江蘇。楊見前。

李仲軒入都，袁項城尊為上賓，贈以紫貂外套一襲，李致謝曰：「野服垂綸，嚴光色黯；白衣屬目，李泌心枯。」

李、袁俱見前。

王湘綺膺國史館長之任，抵京日，項城以自用車迎入公府，集百官大開筵宴以寵之。宴罷，互相道故，項城辭極卑謙。湘綺退而對人曰：「袁四的是可兒。」

王見前。

馮河間代位白宮，以揆席屬意楊泗州，屢徵之不起，遣使仍不絕，泗州不獲已，電告北上期。

既抵京，詣公府，河間出迎於門，延之上座，曰：「國家多難，為政端賴老成內閣樞要，匪異人任。余才不及項城，德不逮黃陂，若得公臂助，或可冀天下安如磐石。」泗州曰：「元首之命義無可辭，顧衰病難勝艱巨，方今四郊多壘，群盜如毛，雖名義稱為樞府而號令不出國門，何敢濫竽高位自誤誤國？」河間知不可強，遂更語他事。泗州退，河間送於大門，都人爭傳以為得未曾有。

馮、楊俱見前。

袁項城稱帝，明令稱徐菊人、趙次珊、李仲軒、張季直為「嵩山四友」，寵以殊禮。或問之曰：「公友亦多矣，他豈不及耶？」袁曰：「菊人、次珊、仲軒昔日比肩事主，誼同昆季；季直為受業師，親若父子，烏能屈諸臣工之列？」

袁、徐、趙、李、張俱見前。

任誕

唐蔚芝青年時好飲酒，一夕酣宴於友家，酩酊大醉，仰臥通衢，朗誦《春夜宴桃李園序》，群目為狂生。

唐名文治，江蘇太倉人，進士。授主事，歷官至農工商部左侍郎，丁丙艱開缺，任南洋公學監督。入民國，易名交通部工業專門大學，仍任校長。

馬季立衣履襤褸，時時見肘決踵，歲入千金，購書外不名一錢。

馬見前。

秦宥橫居官日，上書大吏言事手寫《十七帖》，發電擬極長之駢體文，官場大嘩。事聞於陳石遺，以詩戲之曰：「中州人物推秦七，奇字蟠胸揚子雲。奏記長官皆草聖，聱牙急遞盡駢文。」

秦、陳俱見前。

庚戌之歲，廿二省代表集京師，請願迅開國會，掌樞要者皆親貴，什九拒絕，僉以諸王中善耆獨賢，謁之乞為聲援。談次，善耆忽擲瓜式帽於几上，高歌一曲，僉大駭，相顧無一言，善耆徐笑曰：「諸君毋駭，予今不以王爺自居，諸君亦勿以代表自命，有能歌者逞臆而歌可已。」

善者龔肅親王，歷任民政部、理藩部尚書。

蘇曼殊淹滯華盛頓，遇一肥女，重四百斤，脛大如汲水甕，曼殊視之大樂，問求偶否，安得肥重與若等者？女曰：「吾固欲瘦人。」曼殊曰：「吾體瘦，為若偶何如？」

蘇見前。

蔣克莊好飲酒，輒醉，醉則枕籍市樓，或顛躓道路，不少悔。人以為瘋也，爭避之。

蔣見前。

載濤嗜戲，以《盜御馬》著稱，居恒集家人串演。其母病篤，載灃入覲。灃，濤之兄也。濤聞之亟趨內闥，牽灃袂曰：「正擬演《黃鶴樓》，缺一角色，二哥飾周瑜可手。」灃曰：「吾未習雉尾生，弟寧弗知？」其母拍床怒詈曰：「余病且死，爾猶酣歌恒舞以娛樂，真死不瞑目矣！」濤乃垂頭喪氣而出。

載濤、載灃皆醇親王之子。載灃承襲王爵，嘗入值軍機，以子溥儀出嗣同治兼祧光緒，繼為皇帝曰宣統，而灃居攝政之位，世稱「攝政王」者是也。載濤以貝子加郡王銜，充軍諮大臣。

姜見前。

姜翰卿不持儀形，當炎夏，嘗袒胸露股，手芭蕉扇往來市街，見售瓜果者，探懷出銅幣數十擲案上，隨手取西瓜數十片張口食之，食盡揚長而去。

況見前。

況眉廬拓落不羈，嘗脫去所戴瓜式緞帽，就小攤市醬鴨、鹵雞之類，曰：「以此貯其中。」店徒忍俊不禁，曰：「是有污帽子。」況曰：「無傷。」揚揚執而去。

載洵以考察象山軍港為名，蒞聖湖遊覽。巡撫增子固率司道府縣諸官進手版，一齊跪於簾外，載洵高踞華椅，手雪茄煙吞吐自如，視若無睹。侍者傳旨，令眾官退。就餐，珍羞羅列都不御，獨啖醋溜魚，須臾盡三簋。起席觀西湖景片，曰：「速駕艇，吾出遊矣。」

載洵，載灃同母弟。授貝勒，加郡王銜，任海軍大臣。至美國，笑柄百出，諸報繪圖醜詆之。

譚石屏疏放好酒，嘗步至郊野，途遇一道士，攜之入酒家，並坐酣飲。越日，道士詣門，謂知遇之恩不敢忘，啟冊乞捐輸香火資。譚笑曰：「素與僧道無緣，昨日之邀正是獨行無聊之際，遇爾大樂，初不知爾為道士。」

譚見前。

徐班侯任浙江通志局提調，局址在吳山之麓。班侯頗嗜色，一夕飲於某妓家，玉山將頹，從者傳輿馬，班侯狂笑曰：「此間樂，不思局矣。」蜀、局同音也。

徐見前。

孫純齋抵魯省長任，平原、濟南、泰安、兗縣諸知事皆往迎於德州車驛。時天氣燥熱，德縣知事劉某先已鵠立久待，日光曝炙，頸顏俱赤，孫見劉，問君曾下鄉否？曰：「為查案勘荒，已居鄉旬日。聞騶從蒞止，乃兼程返城歡迎。」孫笑曰：「睹君風塵滿面，必知入鄉間。」且言且顧在座諸人，曰：「諸君勤政愛民之心，當不在劉君下，何以都深居簡出？須知事必躬親，庶幾有益，膺民社者不可忽也。」眾唯唯，劉退而告人曰：「吾足跡何曾履鄉間一步？莫非是曬太陽的好處。」聞者輾然。

孫見前。劉未詳。

孫雨蕉由知事一躍為稅關監督，受事甫一日，即離署入都。自是往來津浦、京奉諸路，皆備花車，隨侍者數十人，疆吏所不及也。任職逾六月，居署僅三日，未理一公事，未閱一文牘。

孫見前。

劉麟生放誕自肆，項城在位日賜以嘉禾章，已而劉逋逃海上，開設一百貨小店曰嘉禾居，嵌嘉禾章於招牌中作商標，客見而駭曰：「此招禍之道也。明哲保身，希三思此言。」未幾，遂輟業。

劉名成禺，湖北人。留歐習法政，民國元年被舉為參議院議員，列國民黨。癸丑項城解散國會，劉在通緝之列。

簡傲

樊介軒不妄交遊，門無雜客。嘗日手一卷臥書齋，臨窗視明月、吸清風，歎曰：「終日與風月為緣，亦人生至樂之境。」

樊名恭煦，浙江杭縣人。翰林院編修，出督陝西學政，陟侍讀學士，因案被吏議降調，再起為江蘇提學使。

樊雲門喜吸鼻煙，雖見長官必且吸且談。曹鴻勳開府秦中，知樊有是癖，頗不悅，一日樊見曹，探懷將出煙壺，曹佯為弗見，捧茶送客，樊乃納壺於衣袋，不俟詞畢即辭出。自是託故不蒞院，縱有要事亦以筆代喉舌，曹遣使肅之，樊曰：「許予吃鼻煙乃可，否則決不從。」使以告曹，曹許之。

樊見前。

余堯衢與瞿子玖係姻家，瞿居樞要，賓客擁門，大抵皆干進之徒，有過堯衢者輒拒不納，曰：「若輩非有愛於吾，乃欲吾進言於子玖耳。」

余名肇康，湖南長沙人。翰林，授編修，擢御史，外任湖北漢陽府知府，移武昌首府，權漢黃德道，晉江西按察使。因事褫職，自是不復起用矣。

汪伯唐為郵傳部左侍郎，因滬杭甬鐵路事未有主張，浙路總理湯蟄仙頗銜之，實則主持斯事者別有人在。湯入京，伯唐往拜，意在解釋茲事。刺入，閽者傳語曰：「主人云不見此客。」伯唐怏怏而歸。

汪、湯俱見前。

唐春卿係項城故交，唐有門生某，浙西材士也，一日詣唐曰：「老師知項城何如人？」唐不答，續曰：「世人謂其外負伊、霍之名，內懷操、莽之志，老師日與接近，斯言信否？」唐若弗聞也者，昂然入內，回首曰：「子稍坐，余即出。」俄頃，一僕對客曰：「主公腹痛，不能與客談矣。」

唐名景崇，廣西灌縣人。庚辰翰林，授編修，累官至吏部左侍郎，擢學部尚書，改學部大臣。入民國，為參政院參政。

王君直習俳優，善為新聲，日與伶人狎。某日，施省之五十初度，聚伶官票友於一堂，是日諸劇畢，獨君直不至，乃驅車迎之，如是數次，始蒞止，延不化裝，群客大嘩。問其故，曰：「必朱桂辛退乃可。」問何以獨使朱一人退？君直曰：「吾在部固一芝麻小官，素不慣趨承，今若對堂官貢醜，不為也。」桂辛聞之，奔入內臺，獎慰有加，蓋桂辛亦喜聞其歌，實不欲遽去。君直知朱意所在，益不從。桂辛遂掃興而歸，歸後而君直移步臺前矣。

王名君直，京兆人。施名肇曾，浙江杭縣人。官道員，入民國為隴海鐵路督辦。朱見前。

周子沂詣載澤，載澤方與客談甚酣，熟視若無睹，周憤而出，載澤止之曰：「君甫及門，未一語而遽欲去耶？」周曰：「不願看白眼。」

周名自齊，山東單縣人，副榜。由主事累官至外務部右丞，辛亥京朝大官多告退，超擢權度支部大臣。入民國，為山東都督，內調陸軍總長，移交通總長，三度任財政總長。載澤，清室近支，封震國公。任度支部大臣，頗納贓賄，與載濤等並稱「五大財神」。

丁劭庸詣袁項城，項城謂之曰：「人言君傲慢，目無餘子，得毋告者過歟？」丁答曰：「實事求是，執法不阿，均足以斂怨招忌，但傲慢與強項亦在視察者何如耳。」項城韙之。

丁見前。

排調

雷朝彥固糾糾武夫，亦雅好詼諧。納寵日，戲對新婦曰：「茲與卿約法三章，罵者死，晏寢者刑，笑人及瞌睡抵罪。」

雷見前。

坪林外史嗜阿片，面有煙容，其姻家淩潤臺視之而笑曰：「公滿面浮腫，厥疾深矣。」趙曰：「浮有之，腫則未，何病之有？」

坪林外史見前。淩名福彭，廣東番禺人，乙未進士。入翰林，授保定府知府，晉道員，擢直隸按察使，再擢順天府府尹，遷直隸布政使。人民國，為參政院參政。

沈雨人骯髒不修邊幅，吐痰被帳中，遺溺衣褲內，習以為常。人每調之，沈曰：「被帳吾之痰盂，衣褲吾之便壺，我行我素，不畏人言。」

沈見前。

那琴軒髮辮長垂，示不忘故主。人問何以不剪除？那不答，重問之，曰：「物有本末，事有終始，可以人而有頭無尾乎？」聞者譁然。

那見前。

王湘綺少年時遊宴鄱陽椒園，徵妓侑酒，旋如樂平，妓使人致意，謂有盟之請，繼且致書封發寄焉，王對使者曰：「髮剪易長，若能斷指示信，當以桃葉迎之。」使笑而去，自此不復至矣。

王見前。

易實甫將之右江道任，樊雲門寄詩，有「好收側貳作蠻姬」之句，易答曰：「已辦腰刀思殺賊，未留鬚戟為謀姬。」且戲語諸友曰：「謀事有二解，與姬謀一解也，謀納姬二解也。」眾大噱。

易、樊俱見前。

章枚叔居海上，御日本僧服，帶草冠，手揮團扇，遊張氏味蒓園遇友某，問居住何所？某以啟秀編譯局對，某還問之，曰：「我住剛毅印刷所。」某曰：「此何在？」章曰：「否，我以為既有啟秀編譯局，不可無剛毅印刷所也。」相與狂笑。

章見前。某未詳。按，啟秀、剛毅皆滿洲人，庚子拳亂之禍首也。

易、王俱見前。

易實甫別字哭庵，王湘綺嘲之曰：「一事奉勸，必不可稱哭庵。事非一哭可了，況又不哭而冒充哭乎？」易報之曰：「哭時公未見，他人亦未見，惟內子見之。不哭，何得稱哭庵？」

鈕惕生續娶，懸賀聯滿壁，惟楊了公一聯一額最趣，聯曰：「不破壞焉能進步，大衝突乃有感情。」額曰：「飲中將湯。」觀者粲然。

鈕名永建，江蘇松江人，舉人。習陸軍於日本，民國元年授陸軍中將。楊名錫章，江蘇松江人。

鄭叔進問王壬甫國史何日成，王曰：「方發凡起例，何遽言成？」鄭曰：「凡做一事，成功之日未始不可預計。」王曰：「若預計國史告成期，遲則一百年，速亦八十載。」鄭曰：「安用如許日？」王曰：「君不見宣付國史立傳者之源源而來耶？若輩功德多，事蹟亦多，非千萬言不能盡其意。」鄭知情，遂不復言。

鄭、王俱見前。

徐菊人僑居青島，項城屢徵不起，已而允任國事。抵都，項城盛宴為洗塵，酒酣，項城笑對徐曰：「昔人有言，東山不出，如蒼生何？予謂東海不出，如蒼生何？」舉座鼓掌歡呼，徐亦微笑以報之。

徐、袁俱見前。

關穎人嘗以千里駒一匹貶價出售，為詩紀其事，徵知交唱和，獨易實甫之書最後至，剖視之僅一語，曰：「但不知此馬落在誰家。」因笑不可仰。

關名賡麟，廣東南海人，進士。官郵傳部郎中，入民國充京漢鐵路局局長。因案去職，再起為交通部司長，移參事。

袁慰廷、黎宋卿並轡雪中，黎以手槍示袁曰：「此槍打鳥，百發百中。」袁曰：「滿天風雪，不睹一雁，此百發百中之手槍不足惜，如大獵夫何？」言已大笑，黎亦莞爾。

袁、黎俱見前。

徐玉可居京師，日以書棋自娛，被徵不起。某會初立，布告以其為會長，徐見而恚曰：「予多年不預聞外事，豈容有會長之名加諸我？」亟以文揭報端，曰「留神假冒」，可謂滑稽。

徐見前。

張鎔西被命為司法總長，將之官，以案牽涉羈海上，友勸之退，張笑曰：「吾雲南人，自勝清乾嘉迄光宣朝從未有人為尚書者，予今忝為部長，何異尚書？為滇人爭體面，不得不戀棧也。」聞者絕倒。

張名耀曾，雲南太和人。留學日本法政畢業，民國元年被舉為眾議院議員。五年，任司法總長。

黃遠生能詩，不輕易下筆。人問何以不多作，黃曰：「雅不欲作寒酸態，搖頭擺尾。」

黃見前。

湯蟄仙富藏書，嘗對客曰：「見即買，有必借，窘盡賣，高閣勤曬，國粹公器弗污壞。」客聞而笑曰：「是盍刻一牙章以鈐於書面？」湯曰：「正有斯意。」

湯見前。

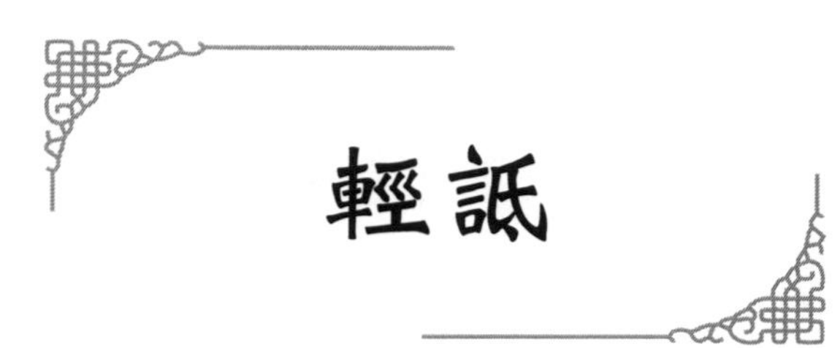

輕詆

易中實、樊樊山共遊西山，樊對易曰：「西山爽氣撲人眉宇，雅人韻士時常眺望其間，獨不見君抱琴至，何也？」易曰：「豈能對牛彈琴？」

易、樊俱見前。按，易夫人名琴綺，言抱琴，戲之也。

沈子培別字乙盦，徐班侯戲之曰：「公之文章、公之議論皆雅，謂公自為之則可，謂盦為之則不可。」蓋盦者字書釋為鼎之蓋，借為庵舍字釋耳。沈不悅，曰：「侯者五等封之一，公自稱侯，何朝所封？」

沈、徐俱見前。

于晦若好詼諧，某君美風儀，詣之，言至款雜。及出，於對人曰：「此君語言無味，面目可愛。」

于見前。

熙寶臣碩大無朋，郭葆生曰：「周身是肉，甚似羅漢。」

熙名鈺，蒙古人。以道員分直隸，充南段巡警總辦。入民國，授陸軍少將，充公府侍從武官，已而授密云副都統，被選為眾議院議員，晉中將。郭名人漳，湖南湘潭人。以道員官廣東，權欽廉鎮總兵。入民國，被選為眾議院議員，旋授陸軍少將、湖南查辦使。

楊旡知謂時下伶人，捨一二中材外皆驢鳴犬吠。此語揭破門外漢迷夢不少。

楊見前。

黎宋卿嘗語人曰：「項城深沉過人。」聞者曰：「過人者何在？」黎曰：「與之周旋兩三年，未曾說要做皇帝。」

黎見前。

楊平可、涂章甫相友善，一日各御華服，楊對涂曰：「金玉其外，敗絮其中。」涂應聲曰：「彼其之子，不稱其服。」

楊名希晉，江西黎川人，辛丑舉人。考職列二等，以布庫大使簽分浙江，嘗居江西提學使林開謨幕。工古文詞。涂名成德，江西黎川人，諸生。能文章，嘗執教鞭於學校。

樊雲門閱某生詩，擲地曰：「平仄不諧。」某曰：「此久荒故。」樊曰：「田無一草，不得言荒。子胸無點墨，何荒之有？」某面赤，不能再置一詞。

樊見前。

王一堂為統一黨首領時，易哭庵以黨員名義緘致之，稱曰「黨憲」。王折簡視之，笑顧左右曰：「此別開生面之稱謂，龍陽才子蓋有意戲弄我也。」

王、易俱見前。

國體初易，勝朝士大夫多僑寓津、滬、青島，一時有居天津者第一、居青島者第二、居上海者第三之譃，梁節庵曰：「青島上上，天津上中，上海中下。」吳蔚若聞之不悅，曰：「果何所見而云然。」

梁見前。吳名郁生，江蘇吳縣人。翰林，授編修，歷侍讀侍講學士，陟內閣學士兼禮部侍郎，歷權吏部郵傳部侍郎，擢軍機大臣上行走，除吏部右侍郎。

王伯恭是袁容庵之師，袁為總統，設陸海軍統率辦事處，以王掌機要。屬下某，新得少大夫，柬約赴宴，王辭以疾，戲書柬端曰：「下大夫不可與同群。」見者問故，王蹙眉曰：「某昔為卒，今日居然授少大夫，非所謂下大夫者耶？」謔而虐矣。

王名儀鄭，後以字行，安徽盱眙人，舉人。選授宜昌府通判，入民國充海陸軍統率辦事處秘書。工書，肖顏魯公。

周岣之、文公達、宋菶莪、高璩夫並在蘇督李純幕，文、宋同室辦公，迨文出任五庫稅差，高即遷入，周為小詩戲曰：「文君已嫁相如去，宋嫂獨忙醋溜魚。寄語脫靴高力士，好來二女卜同居。」注曰：「高力士非女也，然不得謂為男也。」

周見前。文名永譽，江西萍鄉人。官道員，入民國為工商部秘書。宋名名璋，江西奉新人，癸卯進士。授主事，入民國任溫州督銷局長。高名巨璩，江西南昌人。留日本習法政，歸國後在本省官廳為椽屬。入民國，任江西審計分處處長。

樊雲門、易實甫所眷女伶，一為富竹友、一為鮮靈芝，嘗互相嘲謔。樊以易、鮮二名作諧音詩鐘云：「使問廉頗遺矢否，妃慚楊廣帶羞烝。」易亦以樊、富擬一聯云：「臭十餘年夫逐有，矢三遺後飯增強。」

樊、易俱見前。按，鮮靈芝性戴，名修貞，諧音適成「帶羞烝」也。

卷八

假譎

袁項城少時，見所親某家藏古人書畫真蹟愛不忍釋手，求以金易之，某有難色，袁乃潛入其書齋，深夜疾呼曰：「鄰舍火起矣。」一家老弱從睡夢中驚醒，手足失措，袁從容攜件而出。及覺，問之曰：「何人目睹？請語我來。」

李見前。

劉雨三為江西布政使時，鎮協諸軍與革命軍共謀起事，劉聞報，密封巡撫馮汝騤曰：「余與公皆大吏，同負守土之責，當與城共存亡。」馮曰：「諾。」迨南昌不守，劉喬裝遁去，而馮已吞金自盡矣。

劉名春霖，貴州安順人。戊辰翰林，累官江西布政使。

湯鑄新為湖南將軍，每出，擇貌相似者並輿齊驅，衣服面目如一，撲朔迷離，狙者莫辨。

湯名薌銘，湖北蘄水人。初畢業北洋海軍學校，繼學於英倫，返國任軍艦艦長。入民國，授海軍中將，為海軍次長，出督湖南軍務。項城以其係化龍弟，頗信之。

馮河間入京見項城，問曰：「外間浮議謂總統將自為皇帝，信否？」項城恚曰：「余即位宣誓之語，上以告皇天后土，下則中外含生之儔實共聞之。茲已備數椽之室於英倫，若國民終不見捨，行將以彼土作汶上。」馮默然。

馮見前。

蔡松坡談吐絕俗，顧盼非常。項城知非籠中鳥，深忌之，偵探四布，窺其舉止。蔡燭照其奸，流連北里，鎮日看花斗酒，以示醇酒婦人，固無大志。偵者稍懈，蔡乘間潛入津門，星夜南行。鴻飛寥廓，直上雲天，滇南一呼，四方回應，遂為推翻帝制再造共和之元勳。

蔡見前。

瞿止庵與康南海友善，復辟議興，康詣瞿曰：「此舉公以為然否？」瞿曰：「非君主不能治國，非復辟無以息爭，但冀早日實現。」迨事敗，瞿通告國人，謂事前既未與聞，事後更無表示，康頗銜之。

瞿、康俱見前。

徐又錚得陸朗齋書，屬其弗附段合肥，復箋佯諾之，約期相晤。及見，彼此談笑甚歡，陸睹軍士荷槍密布狀，知有變，大恐，起身欲逃，徐笑止之曰：「公亦知命盡今日乎？」突有人自後擊之，倒地而斃。

徐、陸、段俱見前。

黜免

安曉峰於中日之戰嚴疏劾李鴻章昏庸誤國，詞連慈禧。疏入，詔褫職戍邊。去之日，都民傾城送，車騎已遠，猶有鵠立嗟歎若有所失者。

安名維峻，甘肅人。由翰林官御史，革職遣戍後，未幾釋回復原官，充資政院議員。

梁震東使英國還，營求無所獲，自願任粵漢鐵路總辦。既受事，鉤稽款項，澈底清查，粵人誦其賢。逾歲，袁海觀為粵督，知其紊亂度支，自飽囊橐，密檄廣州守逐款詳查，果不虛，袁恚曰：「此貪吏也，」疏劾罷之。

梁名誠，廣東南海人。由部曹選充駐美使館參贊，歷階為出使英國大臣。入民國，為參政院參政。

倪丹忱為黑龍江民政使兼司墾務，有控其侵吞公帑者，巡撫周少樸遣員察之，得其實，勃然大怒，疏劾其貪劣，清褫職嚴辦，詔許之。

倪、周俱見前。

奕劻以事私恨瞿子玖，欲行借刀殺人策，乃詭語惲薇孫曰：「前日朝議，余薦君堪膺直隸藩司，子玖以資例不合駁之，議遂寢。」惲不知其詐，憤然作色曰：「必有以報也。」奕劻曰：「彼參知密勿，恒露洩機要，正可借是彈劾之。」惲以為然，疏入，廷議免職。

奕劻見前。瞿、惲俱見前。

江杏邨以彈劾親貴降官，假歸養母，賦詩送行者逾百人，以陳伯潛為最雅切，其末云：「書壁會當思魯直，裂麻竟不相延齡。陔餘尚有酬恩地，勤與鄉鄰講《孝經》。」

江、陳俱見前。

雷朝彥自通永總兵擢江北提督，其先乃貝勒載濤譽諸朝，雷彌感之。迨抵任，密緘三千金為壽以示報，載濤慊其微，誣以進賄，具疏劾之，詔褫職。入民國，雷膺上將，聲勢赫奕，一日驅車訪載濤，載濤懼其未忘前事，匿不敢見。

雷見前。載濤見前。

盛杏孫為郵傳部尚書，視路、電、郵、航四政為利藪，措置失當。其時湯蟄仙任浙路總理，具疏揭其奸，盛黨在朝勢方熾，詔斥蟄仙危言聳聽，自博美名，且褫職。蟄仙憤而遊關外，客錦州，題壁有句云：「地猶沙漠耕桑少，人到幽燕感慨多。隔岸遼東一衣水，幼安皀帽近如何。」

盛名宣懷，江蘇武進人。以諸生納粟為道員，授津海關道，擢四品京堂，充商約大臣，晉侍郎，授郵傳部右侍郎，陟尚書。創鐵路國有之議，大借外債，遂釀辛亥之變，清社為墟。譏之者曰：「宣懷固清室之罪臣，亦民國之功人也。」湯見前。

唐少川秉國政，以借外資事為忌者所中，卒不安於位而去，淹滯津門。王鐵珊詣之，憤然為不平，少川曰：「無是款則大局莫由統一，遑問其他。」王曰：「項城夙與公相契，民主初基，國步方艱，奈何聽公下野乎？」少川曰：「一言難盡。」

唐見前。王名芝祥，直隸通縣人，舉人。納粟為部曹，外簡廣西桂平梧道，擢按察使。入民國，授陸軍上將，充公府顧問。

褚慧僧管浙江民政，朱介人薦屈文六為知事，褚曰：「文六非百里才，奚可寄以民社？」朱深滋不懌，藉故劾褚保屈繼，令下，官場譁然，褚翌日解印綬去。

褚名輔成，浙江嘉興人。以諸生留日習法政，歸國任諮議局議員。辛亥與杭州之役，眾推為政事部長，改組民政司，為司長。既罷去，被選為眾議院議員。朱見前。屈名映光，浙江臨海人。民國元年任浙江民政司長，改內務司，仍為司長，陟民政長，改任巡按使。五年，授贊威將軍。七年，外任山東省長。

宋芸子援《春秋》託王稱公之義，著論主復辟，謂勞玉初所作《共和正續解》，君主民主平議，雖有可採，究尚未洽，故作斯論駁其未能盡合，求其所以可行。輿論大嘩，政府乃斥之曰：「食古不化，託為文字之發攄；別有用心，尚無著手之實據。既往不咎，驅逐回籍。」說者謂即此可見項城之存心。

宋、勞俱見前。

孟秉初任吉林巡按，博飲狎妓，日以為常。肅政史聯名揭其狀，項城震怒，曰：「巡按為一省百官之領袖，如此風流溺職，政事安有清明之一日？」奪其官，代以王揖唐。

孟見前。

儉嗇

沈仲禮藏王右軍《蘭亭》真蹟，客欲借一觀，沈曰：「已售去矣。」

沈名敦和，浙江鄞縣人。納資為道員，指分江蘇，充新軍教練處總辦，以侵公帑為江督張之洞劾罷，判遣戍之罪。敦和嘗學於柏林，岑春煊巡撫山右，檄辦外交，頗得當，遂以之權冀寧道。旋乞病歸，家於上海，搜羅玩好書畫以自娛，政府任為紅十字會副會長。

袁抑戒豪於財，晨興啖素麵一簋，三餐只兩葷兩素，客詫問曰：「公胡儉嗇若是耶？」袁曰：「高深如山海且有枯竭之時日，人之處世何莫不然？」客嘆服。

袁見前。

呂鏡宇吝於財，為使柏林時，屬官見客室几案損敝，慮外人訕笑，請易以新者，呂曰：「價幾何？」曰：「二百金。」呂曰：「吾行將解組，留以嗣後任可耳。」

呂名海寰，山東歷城人。由部曹累官至外務部尚書，入民國授參政院參政，不就。嘗被任紅十字會會長，始終未問會事，皆副會長沈敦和主持也。

龔仙舟為官多年，廉介自矢。其任財政次長時，出入市街車，某以私干謁，謂長安居大不易，龔曰：「日費幾何？」曰：「至省一金。」龔訝曰：「君真浪費矣。」嚴詞誡之。

龔名心湛，安徽合肥人。以知縣分廣東，任南海縣知縣，陟知府，授廣州府知府，擢欽廉道，調雲南臨安開廣道，晉雲南交涉使，權布政使。入民國，為安徽財政廳長，擢財政次長，罷去，起為安徽省長，未幾，授財政總長，旋權國務總理。

周緝之兩度長財政部，砥礪廉隅，曰：「國庫空虛，外債頻興，省一錢多一錢之用。」客有責其過儉者，周曰：「不然，譬如有一人焉，家故貧而服用奢華，不過逞一時之豪，其不流為乞丐者幾希矣。」

周見前。

沈叔詹家故豐饒，歷官京外三十餘年，操守廉潔。客至，蔬菜數事中置魚、肉各一簋。人以為矯情，沈曰：「菜求適口不貴多，為政亦猶是，所謂不在多言，顧力行何如耳。」

沈名金鑒，浙江吳興人。初官鑾輿衛經歷，擢同知，分直隸，歷任劇邑，已而授奉天新民府知府，陟道員，充安徽巡警總辦，旋授安徽高等審判廳廳丞，權提法使。入民國，為京兆尹，遷湖南巡按使，乞病去，再起為浙江省長。

薩鼎銘狀貌不揚，儉德夙著。任海軍部長時，一日步行通衢，向所親某為禮，某以為虎賁中郎，不之睬，鼎銘怡然不為意。後數日二人晤談，某大慚。

薩名鎮冰，福建閩縣人。由海軍學生累官海軍提督，擢海軍大臣。入民國，授海軍上將，一巡閱閩海，一督察淞滬警備，皆臨時職務，久未任實職。六年，李內閣成，為海軍總長，未之官。八年，再起為海軍總長，攝國務總理。

王鐵珊力崇節儉，為雄縣知事，竟無衣禦寒，邑人大駭，爭為製備。居官一年，風尚為之一變。

王見前。

汰侈

世伯軒服用奢侈，家有會客廳五楹，高大異常廈，隔扇以巨玻璃為之，棟梁皆紅木，雕刻花草工致絕倫。

世名續，滿洲人，舉人。累官至文華殿大學士。

那琴軒性豪侈，酷嗜聲色狗馬。善啖，非嘉肴不入口，每食必具燕窩、魚翅二簋，啖之立盡，其庖人月領菜資至六七百金之多。

那見前。

盛杏孫富甲東南，驕奢淫佚，蓄妾十數人，即衣飾一項一歲靡費百萬。建莊於西湖，築園於吳門，春秋佳日挈諸姬往遊，流連累月。其滬上所居幾無物不有，無有不奇，西人偶有過其廬者，出而對人曰：「吾入盛某宅，目幾為之炫。」

盛見前。

奕劻柄政時，納賄逾千萬，淫奢無度，姬妾眾多，床帳器皿窮極瑰異，簾幕壁衣之屬，春冬以絨緞為之、夏秋以紗綢為之。終日集朝貴置酒高會，其門如市。

奕劻見前。

段芝泉築宅於京師，其宏麗一時無與並者。牆內四周可置冷熱汽管，嚴寒不知冷，盛署不知熱。書齋構造尤奇巧，段嘗集朋好對弈其中，歎曰：「南面王不易。」

段見前。

張勳伯建造園林於淝水，名銷春園。面積遼闊，左可攬金斗河之秀色，右可眺大蜀山之勝概，式仿歐美，外則佳山美池、奇葩異卉，內則翡几湘簾、牙籤玉軸，琳琅滿目，得未曾有。

張名廣建，安徽合肥人。以道員指分北洋，授山東濟東泰武臨道，擢提法使，權布政使，攝巡撫。入民國，授上將銜，為甘肅都督兼民政長。三年，改任將軍兼巡按使。五年，改任督軍兼省長。

王叔魯豪於財，揮金如土。嘗陟足平康，探懷出鈔幣數百圓拋擲於地，片片作蝴蝶飛，一時群伎俯身爭攫之，王顧而大樂。

王名克敏，浙江杭縣人。以道員指分北洋，楊士驤督直，入幕辦交涉事，已而薦授直隸交涉使。人民國，為財政總長兼中國銀行總裁。

忿猖

李拔可試令江南，藩司樊雲門器其才學，畀以大邑，李以弱體難勝煩劇辭。樊為調簡缺，復不就。樊怒曰：「知之者高其易退之風，不知者難免擇肥之謗。江南何患無人？昔人云張郃死，何關魏朝興廢。」卒薄懲之。

李、樊俱見前。

清宣統末，朝議移瑞督畿輔，遺湖廣總督畀端方。端適至武昌，群吏趨風，車騎迎候者塞途，瑞聞之怒曰：「吾未去乃如是耶？」忿辭不欲行，更易諸督之議遂寢。

瑞名澂，滿洲人。由兵部郎中外授廣九饒南道，移蘇松太道，擢江西按察使，調江蘇，遷布政使，晉巡撫，授湖廣總督。辛亥武昌軍興，棄城遁，越歲死於上海。

孫伯蘭薦徐寒松為滬海道尹，國務院秘書長徐又錚以其甫赦免，不宜重用，孫忿曰：「任官惟賢，誠如是說，則小區區固明令緝拿者，又奚可為內務部長？」事聞於公府，黃陂笑曰：「是曷足齟齬？予下令可已。」

孫名洪伊，直隸天津人。以諸生為直隸諮議局議員，請願國會團實為主謀，以是有聲於時。入民國，與湯化龍共組共和建設討論會，嗣因政見不合改隸國民黨，被舉為眾議院議員。丙辰之役，有功於討洪憲，被命為教育總長，辭不之官，移內務，受事未久即罷去。徐名元誥，江西吉水人。留日本習法政，民國元年任江西司法籌備處處長，因事褫職，入中華書局任編輯，起為滬海道尹。徐見前。

黎宋卿解總統職，代任馮華甫，擬逐月致送銀幣三千圓為退任總統之津貼，遣使達意，黎見使曰：「總統任期五年，使退職者均有津貼，徒重加人民負擔。余尸位一年，無功德於民，斷不敢開此先例。」使覆命，馮知其意真摯，乃止。

黎、馮俱見前。

段少滄巡按湖北，有幼子十二齡，一日嬉於署前，犬驟至齧其衣破之，幼子啼而入。段大怒，下令捕犬，不審孰為齧者，令遇犬捕以投諸江，旬日間江面浮犬屍數百，武昌城中一時竟無犬焉。

段名書雲，江蘇蕭縣人。以道員分北洋，充津浦鐵路南段總辦，授直隸清河道。入民國，為湖北巡按使。

張子志以湘贛檢察使入豫章，向榷運局局長王仲暗索款給軍餉，王辭以無之，張震怒，立撤其任。時王之弟克敏方總管財政部，張緘致之曰：「吾人交誼素厚，令兄不啻余之親兄。軍事旁午，需款孔殷，西岸榷運夙稱艘缺，詎真不名一錢？已代公予以薄懲矣。」克敏先已得兄報，歎曰：「以卵敵石，那得不碎？」

張見前。王名克均，浙江杭縣人。仕清官道員，入民國為河市運銷局長，移西岸榷運局長，撤任後充江南造幣廠長。

讒險

陳石遺客張南皮幕，南皮問海內文人，陳舉章太炎對，南皮曰：「此人文字詭譎。」陳曰：「其學問實不可多覯。」南皮遂電招太炎入武昌，既至，梁星海密告南皮曰：「此革命黨徒也，用必招禍。」南皮信之，示意陳以不能與太炎位置之故。章聞報，狼狽而歸。

陳、章、梁俱見前。

吳彥復入北洋，欲依項城以為生。其先已有人蜚語謀傾之，項城間叩其狀，彥復大笑曰：「吾乞食來耳。」項城笑置之。

吳見前。

唐香山初與袁項城相約，以王鐵珊督直、沈幼嵐督晉為統一政府交換條件，項城許之。香山乃入京就國務總理職，促下令。項城有難色，又不欲失信於香山，乃嗾使諸議員質問其所舉外債用途，香山憤曰：「項城以余為孩提耶？」遂掛冠而去，懸以待決諸問題無復有人責其實行者。

唐、袁、王、沈俱見前。

清光緒末葉，江浙會辦清鄉勦匪，徐溥臣方統軍駐太湖，太湖固梟匪出沒地，徐舉兵進勦，累戰皆捷，以報督辦瑞莘儒。瑞恚曰：「平日軍情未嘗一白吾，今乃欲以戰勝邀功耶？」檄撤其任，易以所親某。徐大憤，面瑞數其賞罰不公狀，詞直不稍屈，瑞瞠目結舌無以對。其時盜魁余孟亭已就縛，乃陰遣人就獄中啗余以甘言，使設計陷害，巡撫陳啟泰廉知其情，立斬孟亭，謂瑞曰：「公以好惡為賞罰，將使群吏寒心，諸將短氣，溥臣之事其一也。」瑞不知所答。

徐名錦堂，浙江餘姚人。累官至副將。瑞見前。

王子展嘗參與招商局事，局設董事會，眾推楊泗州為會長、盛杏孫副之，泗州居京日多留滬日少，例以杏孫兼其職。杏孫予全權於子展，寵信逾恒，泗州視之亦言聽計從。蓋子展饒智慮，工心計，知兩姑之間難為婦，對泗州則揚杏孫之惡而自張己之善，對杏孫則譖泗州之短而自詡己之長。

王名存善，浙江杭縣人。歷任廣東南海諸縣令，累保至道府。能文章，所為聯語尤雅切。楊、盛俱見前。

尤悔

黃慎之以戊戌政變拘入獄中，自悔曰：「孝欽弄權專政已匪伊朝夕，懼變法不足自保，遂大誅黨人。吾欲以文字動之，是自取辱也。」旋放出，絕口不言時事，創設工藝廠於京東，詔復原官。

黃名思永，江蘇江寧人，庚辰以一甲第一名及第。授修撰，歷階至侍讀學士。長子中慧、季子中疆，皆能文。

貽藹人以綏遠將軍兼督辦墾務，侵蝕公帑。事發繫獄，遂有戍邊之遣。藹人泣對其子鍾岳曰：「不及黃泉，無相見之時也。」鍾岳曰：「前人犯罪如父，不久有釋回者，兒願父亦幸如其人之放還。」言已，相向哭失聲。

貽名谷，滿洲人。由翰林歷階至侍郎，外簡綏遠將軍。

尹太昭繫獄經年，黃陂為總統欲釋之，某尼曰：「項城既未肯死之，則宜盡挫其勇銳之氣然後釋放。」黃陂曰：「然。」乃移禁白下，尹頗自懺悔，一意著述，成文十餘萬言曰《止園叢書》，自謂膽略非關公所及，才識在武侯之上。

尹見前。

歐陽南雷既舉兵討袁，已而悔曰：「犧牲一身不足惜，如生民塗炭何？」及敗，隱於蕭寺，自號曰「止戈和尚」。李秀山器其才，遣送之京師，密緘告項城，謂此人宜用不可殺，項城許之。

歐陽名武，江西吉安人。初肄業江西武備學堂，旋習軍事於日本士官學校。民國元年，為江西第二師旅長，擢師長，授陸軍中將，為江西護軍使。李見前。

段次珊謀叛，被捕，訊得其實，議誅。臨刑，悔曰：「死固吾罪，然不與聞某祕密，或可不死乎？」

段名世垣，河南人。眾議院議員。

黃遠生稽滯京師，聲華甚茂，任《亞細亞報》撰述。已而大悔恨，毅然出都，遍告人曰：「行將赴美國努力求學，專求自立為人之道，以懺悔數年墮落之罪惡。」

黃見前。

康長素以復辟事敗，杜門懺悔，擬築園於歇浦，徵求奇石異草、嘉花美木為點綴，有句云：

「窮老無事，江山定居。天地既閉，松菊猶存。杜陵避亂則堂築浣花，司馬放還則園稱獨樂。將築園林，與木石俱。」

康見前。

虞熙正因案入獄，訟主不決，不勝縲絏之苦，悔而著述，譯成《哲學》一書，為文呈司法部乞赦而例格不行，識者以比諸鄒陽、李斯。

虞名熙正，福建人。留日本法政畢業，任財政部僉事，擢參事。

紕陋

世鐸年邁昏庸，不識時務，其子侄輩有自歐美遊歷歸國者，世鐸問之曰：「洋鬼子國亦下雪否？」諸子侄皆掩口胡盧，曰：「中外同一天地，風霜雨雪一也。」世鐸默然。

世鐸，滿洲人，襲爵為禮親王。久掌宗人府，任軍機大臣領袖者十餘年，碌碌無所表見。

瑞恕齋目不識一丁，其任鄂督時，布政使楊俊卿面呈懲戒某令公文請示，瑞受而閱之。既竟，顧楊曰：「此令予固知其不稱職，然公文中『蒲險輸鬧』作何解？」楊忍俊不禁，知不足與辯，默默而退，笑對幕客曰：「瑞制軍讀『蕩檢逾閑』為『蒲險輸鬧』，猶自詡其能。嘻，醜矣！」

瑞見前。

程輔堂令錢塘，惡屬吏某聲名狼藉，具文劾之，一面詣謁巡撫張小帆白其事。張俟其辭畢，曰：「呈文中考語云何？」程對曰：「彷彿有兩句云『嗜好甚探，擅作成福』。」張放聲大笑曰：「君誤矣，是必『嗜好甚深，擅作威福』也。」因為解釋其意義，程大窘。

程名贊清，江蘇武進人。納粟為知縣，分浙江，歷任錢塘、秀水、山陰諸縣知縣，海寧州知州，擢知府，充仁錢巡警總局總辦。張見前。

張子志嘗以魯督兼省長，一日柬召高等審檢兩長高子來、梅擷雲入見，張首顧高曰：「審判聽辦何事？」高對曰：「民事訴訟、刑事訴訟。」張曰：「何謂民事、刑事？」高舉法律以對，張艴然不悅，曰：「此種新名詞，余門外漢莫明其妙。」乃復顧梅曰：「君知民事、刑事作何解？」梅答曰：「爭田奪地、借債質物，謂之民事；殺人放火、搶劫姦淫，謂之刑事。」張悅曰：「斯言余明白矣。」

張見前。高名種，福建閩縣人。畢業日本早稻田大學法律科，歸國應試列優等，賜舉人。官大理院小京官，擢推事。入民國，為大理院推事，外任福建司法籌備處處長，旋簡授山東高等審判廳廳長，內調大理院推事，再出任湖南高等審判廳長。梅名光羲，江西南昌人，舉人。納粟為道員，分湖北，權湖北按察使，旋授湖北高等審判廳廳丞。入民國，為教育部秘書，移蒙藏院司長，再移交通部司長，外任山東高等檢察廳長。夙耽佛學，頗有心得。

屈文六巡按錢唐，椽吏某擬一文稿呈進，屈閱竟，援筆批「牛皮鑿洞」四大字。某駭而問故，屈搖首曰：「無用，無用。」某愈惑焉，因屈籍臺州，或為土語，私詢其同里某公何謂？某公狂哂曰：「吾臺人素多蓄牛者，剝其皮易錢，譬如大好一張牛皮，鑿而穿之，便不值一錢矣。文六此言，喻文之不能用也。」相與拊掌大噱。

屈見前。

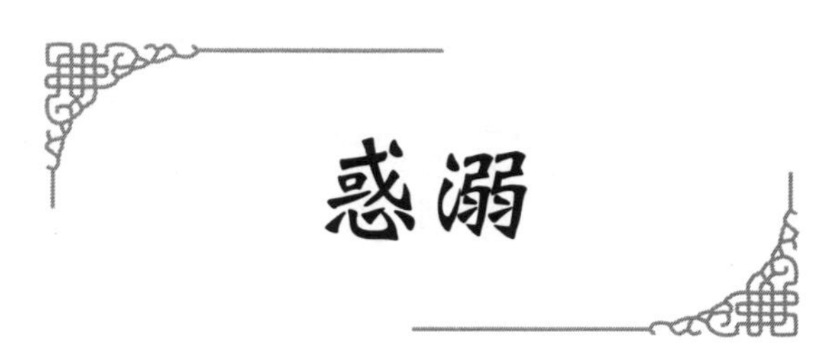
惑溺

趙智庵畜一犬極馴，以錢掛犬項頂圈上，即能自赴市所易牛羊肉而回。犬死，趙為之不怡者累日。

趙見前。

吳癭公遊滬上，恣聲色，所至車馬紛闐傾一市。昵名妓金菊仙，菊仙咯血，為求醫，及癒，菊仙感其情，鍵戶謝客。一日偕出，飲酣，菊仙從容請曰：「君客況妾所知，今時方六月，客逋妾金凡數千，至八月且萬，請待此益君可乎？」吳笑曰：「吾所欲者知己耳，他奚憂焉？」菊仙毅然曰：「君若此，復何待？」竟同車歸，復姓彭，更名曰嫣。吳以書法篆刻授之，嫣名遂播公卿間。旋吳居天津，怏怏不樂，嫣則旦夕歌笑以慰之。居三年，貌益澤，癭公乃歎曰：「吾得嫣，始知天壤間有生人之樂。」

吳見前。

載振銜命赴瀋陽查辦要政，東督徐菊人集群僚宴之於署，珍饈羅列，載振飽啖曰：「安得此佳廚？」徐曰：「今頗之庖人所製。」今頗接言曰：「明旦當精製一席進。」載振曰：「善。」及食之，殊不如昨日之味甘。今頗大惑不解，旋乃知載振庖人以贈者未與多金，遂剔其精華，參以陳腐，而滋味全失矣。

載振，奕劻長子。封鎮國將軍，授農商部尚書，權寵駸駸比肩乃父，以納女優楊翠喜事為御史趙啟霖所彈劾，罷去。

楊杏城喜鬥蟋蟀，室中蟲聲唧唧，顧而樂之，客問何意沉酣秋蟲中？楊微哂曰：「蟋蟀鬥於盆，其始鳴其羽�趄然，既而勝負分，勝者昂其首如唱凱旋歌，負者低其頭如敗軍之將，蟲之智亦猶人之智。」客頷首。

楊見前。

徐班侯與湯蟄仙晚年都有聲色之好，恒流連伎寮，累日不忍去。未幾，蟄仙歿，班侯雖踽踽獨行而興致尚復不淺，有人調之曰：「耆舊風流漸漸賒，蟄仙豐貌委塵沙。只餘一個徐班老，白髮飄蕭郭四家。」郭四，虎林暗娼也。

徐、湯俱見前。

樊雲門、易實甫愛優人賈碧雲美，各為長歌以張之，極侔色揣稱之能事。三六橋贈賈詩尤能以少許敵多許，詩云：「萬人如海笑相迎，月扇雲衫隱此生。我惜賈郎仍不幸，倘逢劉季亦良平。」以張良貌似婦人女子，陳平美如冠玉，皆子都、宋朝之美，非西施、鄭旦之美，可謂擬於其倫。

三名多，蒙古人。任杭州府知府，丁憂去，起為歸化副都統，晉庫倫辦事大臣。入民國，為盛京副都統，移僑工事務局局長。

蘇曼殊居日本，一日飲冰五六斤，比晚不能動，人以為已死，視之猶有氣，明日復飲冰如故。

蘇見前。

尹止園經略川邊，率大軍入藏，見蠻女多妖冶豔麗，大樂曰：「索姿色之佳者侍枕席。」迨班師回蜀，挾一女與俱，共載華車入城，路人指之曰：「此尹將軍偕所歡歸來也。」事為縉紳所知，交章彈劾，尹恚曰：「吾為一姣好女子而去官，亦大便宜事。」

尹見前。

易哭庵於辛壬間居滬，悅女優王克琴，排日聽歌，追逐不疲，樊樊山撰《琴樓夢》小說以諷之。易、樊俱見前。

世伯軒酷喜食鰒魚，有人致一筐，一日間啖盡。世見前。

張紹軒入京，贛人集會歡迎之。酒酣，召伶人王蕙芳至，手雪茄將吸，蕙芳自懷中出磷寸燃之。燒及盒，砉然有聲，侍從以為炸藥，拔刀斫蕙芳中肩，血流滿衣袂。張憐之，厚給治傷費。張見前。

仇隙

李偉侯之婦翁楊崇伊辭官居滬，與鄉人爭妓，訟之官，江督端方坐以風流罪，疏劾之褫職，交地方官約束。楊慚恨滋深，遺書於偉侯曰：「吾年暮，此怨今生不能報，子當為吾雪之。」偉侯乃日俟其隙，乘機謀報復。己酉，孝欽后梓宮奉安，端方以直督任陵差大臣，就陵樹作電桿，縱人向隆裕后照象，復乘輿衝越神道。偉侯目擊斯狀，切齒曰：「如此驕倨，不揭其罪惡吾人亦太無心肝矣。」遂劾以大不敬之罪，知端方為攝政王所倚重，慮其曲法相容，乃捨王而逕謁隆裕太后，伏地痛哭，謂：「孝欽太后、德宗皇帝升遐未期年，而疆吏已拔扈無君至此極，非申明國法不足以建幼主之威而折強臣之氣。」隆裕動容，力主交部嚴議，遂褫職，一時朝野大震。

李名國杰，安徽合肥人，李鴻章之孫，襲侯爵。官農工商部左丞，外簡出使比國大臣。入民國，為參政院參政。

岑西林與袁項城在先朝並肩事主，勢均力敵，意見素不睦。癸丑之役，西林為討袁軍大元帥，袁憤欲殺之，下令拘捕，有共伶人潘月樵謀亂語。西林慚憤俱生，誓不共戴天之仇。迨袁稱帝，西南諸省共起聲討，西林以人望所歸，實為之謀主，以文布全國曰：「袁朝退，余夕隱。」

岑見前。

血歷史148　PC0764

新銳文創
INDEPENDENT & UNIQUE

《新語林》：
民國的《世說新語》

原　　著　陳灨一
主　　編　蔡登山
責任編輯　鄭夏華
圖文排版　莊皓云
封面設計　蔡瑋筠

出版策劃　新銳文創
發 行 人　宋政坤
法律顧問　毛國樑　律師
製作發行　秀威資訊科技股份有限公司
114 台北市內湖區瑞光路76巷65號1樓
電話：+886-2-2796-3638　傳真：+886-2-2796-1377
服務信箱：service@showwe.com.tw
http://www.showwe.com.tw
郵政劃撥　19563868　戶名：秀威資訊科技股份有限公司
展售門市　國家書店【松江門市】
104 台北市中山區松江路209號1樓
電話：+886-2-2518-0207　傳真：+886-2-2518-0778
網路訂購　秀威網路書店：https://store.showwe.tw
國家網路書店：https://www.govbooks.com.tw

出版日期　2019年6月　BOD一版
定　　價　420元

Printed in Taiwan

國家圖書館出版品預行編目

<<新語林>> : 民國的<<世說新語>> / 陳灨一原著 ;
蔡登山主編. -- 一版. -- 臺北市 : 新銳文創,
2019.06
面 ;　公分. -- (血歷史 ; 148)
BOD版
ISBN 978-957-8924-53-6(平裝)

857.18　　108007811

讀者回函卡

感謝您購買本書，為提升服務品質，請填妥以下資料，將讀者回函卡直接寄回或傳真本公司，收到您的寶貴意見後，我們會收藏記錄及檢討，謝謝！如您需要了解本公司最新出版書目、購書優惠或企劃活動，歡迎您上網查詢或下載相關資料：http:// www.showwe.com.tw

您購買的書名：________________________

出生日期：_______年_______月_______日

學歷：□高中（含）以下　□大專　□研究所（含）以上

職業：□製造業　□金融業　□資訊業　□軍警　□傳播業　□自由業
□服務業　□公務員　□教職　□學生　□家管　□其它_____

購書地點：□網路書店　□實體書店　□書展　□郵購　□贈閱　□其他

您從何得知本書的消息？

□網路書店　□實體書店　□網路搜尋　□電子報　□書訊　□雜誌
□傳播媒體　□親友推薦　□網站推薦　□部落格　□其他_______

您對本書的評價：（請填代號　1.非常滿意　2.滿意　3.尚可　4.再改進）

封面設計____　版面編排____　內容____　文／譯筆____　價格____

讀完書後您覺得：

□很有收穫　□有收穫　□收穫不多　□沒收穫

對我們的建議：________________________

____

____

____

請貼
郵票

11466
台北市內湖區瑞光路 76 巷 65 號 1 樓

秀威資訊科技股份有限公司 收

BOD 數位出版事業部

(請沿線對折寄回,謝謝!)

姓　　名:________________　年齡:________　性別:□女　□男

郵遞區號:□□□□□

地　　址:____

聯絡電話:(日)________________　(夜)________________

E-mail:____